AF191256

Herstellung: Books on Demand GmbH

ISBN 3-8311-1260-6

DIE ABGELEGTE ZEIT

von

Marcus Dahlmanns

Zum Buch: Diese Erzählung beruht im Prinzip auf eine Herausforderung. Damals hatte eine Praktikantin in einer Werbeagentur behauptet, ein Klassenkamerad müsse ständig Ablage machen, wobei er nicht weiß, was er in seinem Praktikantenbericht schreiben soll. Daraufhin habe ich gekontert, dass man aus diesem Thema sogar ein Buch schreiben könnte. Eine kühne Behauptung von mir, die ich dann aber auch später beweisen wollte. Natürlich ist dabei mehr als nur ein Praktikantenbericht herausgekommen – eigentlich ist es eine Art philosophische Betrachtung über die Themen Arbeit, Zeit und Raum geworden. Aber halt in einem "Zeitraum", durch den sich der Leser wirklich "arbeiten" muss. Also keine leichte Kost – wie Ablagen nun mal so sind.

Coverfoto: Marcus Dahlmanns
Coverdesign: Boris Kraus

Marcus Dahlmanns, geb. 1967 in Düsseldorf, Werbetexter und Fotokünstler legt mit "Die abgelegte Zeit" seine erste Erzählung vor. Weitere Werke sind in Planung.

Dieses Buch ist Inge Dahlmanns gewidmet.

Die Zeiger auf der großen vergilbten Uhr über der Bürotür zeigen 10.56 Uhr. Es ist wieder einer der verdammten Ausbildungstage bei der Ernst Stamm GmbH, die sich endlos lange hinziehen. Obwohl ich erst seit 7.59 Uhr hier in der Abrechnungsabteilung sitze, kommt es mir vor, als würde ich schon mindestens 10 Stunden meiner Beschäftigung nachgehen. Doch anstatt mich selbst zu bemitleiden, gilt mein ganzes Interesse der großen vergilbten Uhr, die anscheinend schon seit Jahrzehnten ihre Dienste leistet und die von den Sonnenstrahlen sowie dem Zigarettenqualm in Mitleidenschaft gezogen wurde und niemals Pause machen kann. Egal ob Batteriebetrieben, mit Handaufzug oder mit Solarzellen - man ist sich gewiss, daß sie mit ihrer Arbeit niemals fertig wird. Das ist der Fluch aller Uhren. Aber für mich scheint der wahre Sinn dieses üblen Chronographen über der Bürotür nur darin zu bestehen, in dem es die Zeit ganz besonders langsam fortschreiten läßt. Selbstverständlich ist Zeit etwas relatives, aber alle Stunden, Minuten und Sekunden die hier in diesem Raum oder in dieser Firma vergehen, werden wohl von diesem langsam tickenden Monster bestimmt. Sogar auf meine Armbanduhr scheint es Einfluß zu haben und höchstwahrscheinlich auch auf die telefonische Zeitansage. Sobald ich aber in der Mittagspause bin oder gar zu Hause, um mich nur ein wenig von dem ganzen Ausbildungsstreß zu erholen, rast die aufgehaltene Realzeit davon und alles Schöne vergeht wie im Fluge.

Während ich mir gerade meine eigene Relativitätstheorie zurecht bastele, öffnet sich die Bürotür und Herr Wagenbach tritt in den Raum ein. Herr Wagenbach ist hier bei der Ernst Stamm GmbH quasi das Mädchen für alles. Je nach Bedarf ist er gerade Cheffahrer, Bürobote, Frankierer oder Aktensortierer der Ablage. Er ist bestimmt schon über 50 Jahre alt und hat meines Wissens in der Firma als Lagerarbeiter angefangen. Auf seine alten Tage hat man ihm wohl als Gnadenbrot einfachere Tätigkeiten gegeben, bei denen man weder Kraft noch einen dreistelligen IQ benötigt. Mit seinen C&A Anzug wirkt er eigentlich recht smart und obwohl ich ihn noch nie lachen oder Witze erzählen gesehen habe, ist er für mich einer der "Good Guys" in diesem Laden. Vielleicht ist es seine ausstrahlende Ruhe, die ihm das gewisse Etwas gibt.

Auch Herr Scholz, einer der Außendienstmitarbeiter der Stahlblechabteilung strahlt eine besondere Ruhe aus. Allerdings hat er einen absolut furztrockenen Humor und man ist sich nie sicher, ob er es gerade ernst oder spaßig meint. Nach gut 1 1/2 Jahren in diesem Verein weiß ich immer noch nicht, ob ich Herrn Scholz nett oder nervig finden soll.

Nach den "Schönen guten Tag" und "Wie geht es Ihnen" Floskeln der anderen Abteilungskollegen erklärt Herr Wagenbach sein Anliegen. Normalerweise kommt er nur in diese Abteilung, um den kleinen Pappkarton mit den weißen Rechnungsdurchschlägen für die Ablage mitzunehmen. Als er mir kurz in die Augen schaut, weiß ich ganz genau was jetzt kommt. Er fragt mich, ob ich wohl so freundlich wär und mal eben bis zur Mittagspause für ihn die Ablage erledigen könnte. Das saß...

Obwohl es hier bei der - Ernst Stamm GmbH, Groß- und Außenhandel für Stahlbleche und Stahlrohre - noch drei weitere Auszubildende gibt, muß ausgerechnet meine Wenigkeit jetzt die Ablage machen. Sechzigtausend im Fußballstadion und ich krieg den Ball vor den Kopf. Nicht daß ich momentan einer wichtigeren Tätigkeit nachgehen würde, oder das die Ablage besonders kompliziert bzw. schwierig wäre, aber gerade die stupide Sortiererei macht den bevorstehenden Job zu einer absoluten Demütigung. Demütigend deshalb, weil fast jeder Viertklässler imstande ist, diese Aufgabe zu erledigen. Dazu kommt noch die deprimierende Einsamkeit in dem Ablageraum, eine Art Einzelhaft kombiniert mit Zwangsarbeit. Habe ich nun Pech oder steckt eventuell eine böse Verschwörung dahinter?

Widerwillig raffe ich mich auf, nehme den Karton mit den gesammelten Rechnungsdurchschlägen und verabschiede mich mürrisch von meinen Kollegen, um zu zeigen, daß sich meine Begeisterung in Grenzen hält. Keiner von denen soll jemals auf den Gedanken kommen, daß für mich die Verrichtung der Ablage mit einer gesunden Portion Spaß verbunden ist. Herr Wagenbach bedankt sich artig und verdrückt sich entsprechend schnell, bevor ich es mir wohl anders überlegen könnte.

Meine aufgesetzte Höflichkeit verbietet es aus irgendeinem Grund ihm mitzuteilen, daß er sich seine beschissene Rechnungen zusammengerollt in seinen Arsch schieben kann und er gefälligst einen anderen Blöden für diesen Stumpfsinn suchen soll. Doch leider bin ich zu gutmütig und mache nicht das was ich will, sondern das was von mir erwartet wird.

Da Lehrjahre bekanntlich keine Herrenjahre sind, gilt für Auszubildende die Vogelfreiheit. Nur Praktikanten spielen in der Pyramide der Firmenhierarchie quasi im Keller die unterste Rolle der Unberührbaren.

Aber in dieser Firma gibt es nunmal keine Praktikanten, und so gehöre ich mit zu dem letzten Glied der Kette von Befehlsempfängern. Jörg ist der Zweite aus meiner Lehrlingsgeneration der als Groß- und Außenhandelskaufmann ausgebildet wird. Die neuere Generation besteht aus Katinka und Nina, beides relativ junge Mädels die mit ihrem Idealismus noch garnicht gemerkt haben, auf was sie sich da eingelassen haben. Niemand kann mir erzählen, daß er Groß- und Außenhandelskaufmann aus purer Überzeugung werden will. Meistens ist es eine Verlegenheitslösung, weil attraktive Ausbildungsplätze zum Werbe- oder Verlagskaufmann zu rar sind und überwiegend von Kukis (Abk. für Kunden-Kinder) oder Mikis (Mitarbeiter-Kinder) in Anspruch genommen werden. Eine solche Karriere durch familiäre Herkunft nennt man auch gerne Management by Chromosomes.

Im Prinzip ist man froh, wenn man überhaupt was lernen darf. Es wäre auch sehr eintönig, wenn jeder seinen ersten Traumberuf ausüben würde. Die Welt wäre voll mit Astronauten, Lokomotivführern, Profifußballern und Tierärztinnen.

Zudem ist es recht hip ungefähr vier- oder fünfmal seinen Beruf im Laufe des Lebens zu wechseln. Aus so manch einem Metzger kann noch ein Uhrmacher werden und umgekehrt. Hauptsache die Arbeit macht Spaß, was ich von mir in diesem Augenblick allerdings nicht behaupten kann.

Unten am Empfang bei Frau van Houten, einer resoluten Mittvierzigerin, muß ich den Schlüssel für den Ablageraum bzw. Archiv abholen. Frau van Houten tätigt neben dem Empfang auch die Telefonzentrale und weiß dadurch im Prinzip über alles und jeden Bescheid. Für internen Klatsch und Tratsch ist sie die allererste Anlaufstelle. Jedes Gerücht bei Ernst Stamm verbreitet sich von hier aus schneller als das Licht der aufgehenden Sonne. Sie kennt ihre Macht und kostet diese auch durch ein eigenwilliges und energisches Auftreten herrisch aus. Viele Kollegen nennen sie deshalb auch hinterrücks zynisch "Die Chefin". Wer sich mit Frau van Houten anlegt, gerät schnell in den Strudel von Mobbing der übelsten Art. Frau Bechtel, eine biedere Sachbearbeiterin aus der Stahlblechverkaufsabteilung hat äußerst schlechte Erfahrung zu diesem Thema gemacht. Nur weil sie sich mal über Frau van Houtens grelle Bluse mokiert hat, war sie wochenlang das Opfer einer heftigen Rufmordaktion. Angeblich sollte Frau Bechtel Masern, Kretze und Tuberkulose haben. Zuguterletzt sollte sie auch noch HIV-Infiziert sein. Die Gerüchte waren einfach im Umlauf und keiner konnte oder wollte sie aufhalten. Vor allem die Frauen der Firma sind bei solchen Sachen immer gut dabei, während die Männer sich weniger dafür interessieren. Eines Tages kam es bei einer kleinen Betriebsfeier zu einem offenen Wortgefecht zwischen Frau Bechtel und Frau van Houten in tosender Lautstärke. Ich habe, wie wohl viele andere Kollegen, damit gerechnet, daß sich die beiden dann wie Ringkämperinnen auf dem Boden rollend und an den Haaren ziehend vor den Füßen des amtierenden Geschäftsführers die Blöße geben. Aber leider hat dann Herr Wohlgerber beide Streithähne bzw. -hennen sorgfältig voneinander getrennt und zur Einsicht ermahnt. Seitdem brodelte die Gerüchteküche um Frau Bechtel nicht mehr so wild.

Der akuten Gefahr bewußt, schleiche ich zu Frau van Houten, die in einer Art Pförtnerloge hinter Glas sitzt und sorgfältig ihre Boulevardzeitungen studiert. Dort wirkt sie auf mich wie eine ausgestellte Bestie auf dem Rummelplatz, der man sich nicht nähern darf. Im Laufe meiner Ausbildungszeit bei der Ernst Stamm GmbH war ich stets freundlich zu ihr und auch diesmal erkundige ich mich äußerst galant nach dem Schlüssel für die Ablage. Mir ist klar, daß ich jetzt irgendwie störe. Ein falsches Wort, ein falscher Ton oder eine falsche Bewegung könnten meine berufliche Karriere für die nächsten 20 Jahre arg ins Wanken bringen, denn man weiß ja nicht wie weit ihre Macht außerhalb der Firma reicht.

Ich habe Glück und bekomme den Schlüssel ohne großes Murren und Gezeter. Frau van Houten scheint wohl gut gelaunt zu sein. Das Schlüsselabholritual erfordert allerdings, daß ich den Empfang des Schlüssels mit Datum, Uhrzeit, Name und Unterschrift auf einer Liste quittieren muß. Diese Maßnahmen scheinen mir seit jeher etwas übertrieben, denn schließlich will ich nicht ins Fort Knox oder in die Bank von England, sondern nur in die blöde Ablage. Dummerweise drängt sie mir ein Fax auf, welches ich Herrn Zogow aus meiner Abrechnungsabteilung mitbringen soll. Auch sie hat in mir schnell einen Dummen gefunden. Das bedeutet, daß ich erstmal erneut nach oben muß, bevor der Umweg in die Verdammnis frei ist. Direkter und schneller wäre ich über den Hof und dann durch die Halle zur Ablage gekommen.

Und so steige ich die Treppe wieder hoch und gehe die alten, muffigen Flure entlang um endlich ans ungeliebte Ziel zu gelangen. Das Hauptgebäude der Firma stammt aller Wahrscheinlichkeit nach aus den 50er Jahren. Es hat nur zwei Etagen und ist oben mit dem Lager für Stahlbleche verbunden. Damals bei meinem Vorstellungsgespräch mit dem Personalchef Herrn Friedel machte der ganze Schuppen auf mich einen düsteren und unwirklichen Eindruck. Es war mein erstes und bis heute einziges Vorstellungsgepräch was ich jemals hatte. Ich versuchte einen seriösen und interessierten Eindruck zu hinterlassen, obwohl mich das Thema Stahlbleche und Stahlrohre nun wirklich nicht in Verzückung versetzt hatte. Ein Großhandel für CDs, Elektrotechnik, Süßigkeiten oder meinetwegen Klobürsten wäre dagegen schon das große Los gewesen. Wenn man schon die Möglichkeit hat, günstig an irgendwelche Sachen heranzukommen, sei es für den Eigenbedarf oder für den Freundeskreis, so sollten es schon begehrenswertere Produkte sein. Wer kann bitteschön mit einem 2500 x 1250mm Feinblech in 3mm Stärke privat etwas anfangen? Oder darf es ein geschweißtes Präzisionsstahlrohr DIN 2393 in beliebiger Ausführung sein?
Am Ende der Unterhaltung habe ich auch noch Herrn Friedel verkündet, daß ich mir vorstellen könnte in dieser Firma alt zu werden.

Genauso gut hätte ich mir auch vorstellen können am Kaktus zu lecken, aber schon Nietzsche sagte einmal: "Ohnmacht zur Lüge heißt noch lange nicht Liebe zur Wahrheit". Ob meine Äußerung nun Grund genug war, mir diesen Ausbildungsplatz zur Verfügung zu stellen oder ob es doch andere Qualitäten waren, entzieht sich meiner Kenntnis. Jedenfalls war ich sehr überrascht, als man mir einige Wochen später mitteilte, ich könne vorbei kommen und den Vertrag unterschreiben. Nach nur ca. sieben Bewerbungen und einem Gespräch habe ich es geschafft. Aber war es wirklich das was ich haben wollte? Da jedoch das Leben nun mal kein Wunschkonzert, sondern eher eine überdimensionale Wundertüte ist, gebe ich mich in Zeiten von mangelnden Ausbildungsstellen mit dieser hier zufrieden. Aber eins ist absolut Fakt: Alt werde ich hier nicht !!! - eher wird die Hölle zufrieren und der Teufel gratis Schlittenfahrten anbieten. Sobald der ganze Ausbildungsspuk zu ende ist, werde ich abhauen und hinter dem Firmentor drei Kreuze machen.

Herr Zogow zieht leicht verwundert seine buschigen Augenbrauen hoch, als ich wieder in das Büro eintrete, jedoch kann er sich rasch seinen Reim darauf machen, nachdem ich ihm sein Fax unter die Nase halte. Und so schnell wie ich hereingekommen bin, bin ich auch schon wieder verschwunden. Bis zum Ablageraum sind es noch etliche Meter. Normalerweise befinden sich solche geistigen Abstellkammern in einfachen Büros, Kellern oder eventuell in Speichern. Nicht so bei Ernst Stamm, wo nicht nur die Uhren langsamer ticken und der Anachronismus den Takt angibt, sondern auch die räumliche Aufteilung aus den Fugen gerät. Wie bereits erwähnt, gelangt man vom Hauptgebäude direkt in die Lagerhalle für Fein- und Grobbleche. Hier beginnt das Reich von Lagermeister Pullrich, einem netten alten Kauz, der über jedes kleine Blech in dieser Halle genau Bescheid weiß. Er ist mit über 60 Jahren einer der dienstältesten Mitarbeiter und trotz dieser langen Zeit noch verhältnismäßig gut drauf. Jedoch wurde er in den letzten Monaten öfter mal krank, worauf man sich auf Führungsebene Gedanken machte, ihn endgültig vor Erreichen der Rente auszumustern. Das wäre dann der Dank für jahrzehntelange Loyalität.

Wieviel Mitarbeiter hat Herr Pullrich wohl schon in über 35 Jahren kommen und gehen sehen? - Wieviel Tonnen Blech hat er gestemmt? - Wieviel Kilometer Blech geschnitten? - Wieviele Anschisse von diversen Vorgesetzten bekommen? - Wieviele Wochen Überstunden geschoben? - Wieviel Hektoliter Kaffee in den Pausen in sich hineingeschüttet?

Pferden gibt man den Gnadenschuß, alten Mitarbeitern gibt man die Papiere und einen warmen Händedruck.

Aber noch weilt der gute Herr Pullrich unter uns und so grüße ich ihn herzlich, ohne dass es mir diesmal wie eine Floskel vorkommt. Er weiß ganz genau wohin ich mit dem Pappkarton gehen muß und kann sich einen flotten Spruch nicht verkneifen. Wahrscheinlich möchte er mit mir ebenso wenig tauschen, wie ich mit ihm.

Die große sonnendurchflutete Halle ist eine der hellsten Arbeitsstätten bei Ernst Stamm. Sobald aber eines der riesigen Rolltore für die LKW´s aufgeht, zieht ein scharfer Wind durch die Paletten. Im Winter kann es dann äußerst ungemütlich werden. Mittendrin befindet sich eine kleine blaue Holzbude, die zur kalten Jahreszeit bei den Lagerarbeitern ein beliebter Aufenthaltsort ist. Dort schmiegt man sich gerne am wärmenden Radiator und trinkt kübelweise heißen Kaffee. Jeder Arbeitsvorgang außerhalb dieser Bude, wird dann zum Störfaktor. Im Sommer herrscht dafür stickige Hitze und die beiden gegenüberliegenden Tore werden zum Durchzug geöffnet. Die Lagerarbeiter haben dann ihre Blaumänner hochgerollt und trinken entsprechend Unmengen von kaltem Mineralwasser. Nur im Frühling und im Herbst ist es in der Halle erträglich; zumindest, was das Jahreszeitenklima betrifft.

Neben dem Rolltor befindet sich eine Tür, die mich ins Freie kommen läßt. Gegenüber steht die Doppellagerhalle für Stahlrohre und rechte Hand ist das kleine Wohnhäuschen, in dem die Ablage untergebracht ist. Vor gut vierzig Jahren wurde es wohl von dem alten Ernst Stamm gebaut, der von hier sein kompaktes Imperium gut überschauen konnte. Heute steht das Häuschen verloren zwischen den beiden Lagerhallen und wird von Herrn Bassler, dem Lagermeister für die Stahlrohrhalle, bewohnt.

Während ich vorsichtig mit dem Schlüssel die Haustüre öffne, kommt mir ein warmer Duft von Kohlrouladen aus dem Hausflur entgegen. Frau Bassler bereitet oben in der Küche offensichtlich das Mittagessen für ihren Gatten vor. Das letztemal, als ich hier die Ablage verrichtete, roch es intensiv nach angebrannten Bratkartoffeln. Damals war Herr Bassler stundenlang schlecht gelaunt, was ich ihm nicht verübeln konnte. Der Verlust des hart verdienten Mittagessens kann einem ganz schön zusetzen.

Während ich nun die Tür zur Ablage öffne, strömt mir diesmal ein kalter modriger Gestank entgegen. Dieser Geruch allein ist schon Grund genug wieder umzukehren. Tapfer begebe ich mich in die dunklen Räume und drücke den versifften Lichtschalter, der die hässlichen Neonröhren zum Blitzen bringt. Erst dann kann ich mich gefahrlos zu den Fenstern bewegen, um die Rollos hochzuziehen, damit natürliches Sonnenlicht das Büro durchflutet. Danach knipse ich die Neonröhren wieder aus und die Schreibtischlampe mit der angenehmen 60 Watt Birne an.

Willkommen in der Hölle der demütigen Langeweile. Die penetrant laut tickende Uhr an der Wand zeigt genau 11.00 Uhr. Meine Armbanduhr bestätigt diese Zeit. Bis zur ersehnten Mittagspause sind es demnach genau 60 Minuten. Wenn die eigene Fußballmannschaft 0:5 zurückliegt, können 60 Minuten bis zum Spielabpfiff verdammt kurz sein – hier in diesem Raum ist es die absolute Ewigkeit.

Schon als ich heute morgen in die Firma kam, dachte ich als erstes an die Mittagspause. Nein, ich war viel weiter. Ich dachte beim Eintritt ins Foyer schon an Feierabend. Um ehrlich zu sein, denke ich jeden Montagmorgen an den Freitagnachmittag. Arbeit, die keinen Spaß macht ist eine lästige Unterbrechung der Pausen und Arbeitstage sind dementsprechend die Qualen auf dem Weg zum Wochenende. An meinem allerersten Ausbildungstag dachte ich insgeheim schon an den Allerletzten. Innerlich zähle ich jeden Tag, Stunde, Minute und Sekunde. Genau 3600 Sekunden trennen mich zeitlich von meinem Mittagsmahl. Das bedeutet nicht nur unbewachtes Essen und Trinken in der nächstgelegenen Imbißbude, sondern auch ungestörter Erfahrungsaustausch mit anderen Leidensgenossen von Ernst Stamm.

Nachdem Feierabend der zweite Höhepunkt des Arbeitstages.

Langsam streift mein Blick durch den Ablageraum um irgendwelche Veränderungen festzustellen. Leider ist alles noch beim alten geblieben. Auf dem Boden liegt immer noch derselbe ausgetretene blaßgrüne Teppich mit diversen Tee-, Kaffee- oder sonstwas Flecken. Rechts stehen die Regale mit hunderten von Ordnern der letzten zehn Firmenjahre. In diesem Dickicht von Staub und Moder ist jeder Verkaufsvorgang archiviert. Hin und wieder kommt es vor, daß sich einer der Verkäufer oder eventuell auch Einkäufer in dieses Archiv begibt, um alte Rechnungen oder sonstige Belege zu suchen und zu recherchieren. Einige von ihnen finden es spannend, wenn sie wie Hobby-Sherlock-Holmes durch die Ordner stöbern und interessante Begebenheiten herausfinden. So können sie erkennen, wer wann was wo zu welchem Preis von wem gekauft hat.

Für mich persönlich ist dieses Archiv der todlangweiligste Ort im ganzen Universum. Unaufhaltsam treibe ich mit ihm durch das Weltall und frage wieder die Uhr, wann der Spuk beendet ist, bevor er eigentlich richtig losgelegt hat.

Die Sekundenzeiger bewegen sich wie ich es erwartet habe, äußerst langsam. Gerade mal zwanzig Sekunden sind seit meiner Ankunft vergangen.

Um das monotone Ticken der Uhr zu übertönen, suche ich den einzigen Freund, den man in dieser Isolation haben kann. Ein Freund, der mir hier seit meiner ersten Ablagestunde ein sympathischer und vertrauter Kamerad war, um die grausame Zeit wenigstens einigermaßen unbeschadet zu überstehen. Ich spreche von dem alten abgegrabbelten Transistorradio, welches halbwegs dekorativ auf dem Fensterbrett steht und mich anstrahlt. Manchmal finde ich es zwischen den Regalen, auf dem Teppichboden, auf dem Schreibtisch oder wie heute auf dem Fensterbrett wieder. Meistens hört Herr Wagenbach damit seine unbeschwerte Schlagermusik, die für ihn wohl die anfallenden Tätigkeiten besser von der Hand gehen lassen.

Nachdem ich auf den "An"-Knopf gedrückt habe, ertönt nach kurzem Knistern eben diese dezente Schlagermusik mit Herz-Schmerz und Liebe-Triebe Reimen. Obwohl ich dieses Lied bestimmt noch nie gehört habe, ahne ich schon fünf Takte vorher, was in dem Stück musikalisch passieren wird. Dies ist absolut nicht der richtige Soundtrack für meine Laune und diesen Ort. Wie immer verstelle ich die Skala auf einen besser verträglichen Sender mit passenderer Musik. Manchmal höre ich auch ganz gerne mal Klassik - insbesondere Tschaikowsky und Wagner sind ideal für depressivstimmende Ablagearbeiten. Vor allem ist der Empfang des Klassiksenders außerordentlich stark, aber heute ist mir eher nach moderneren Klängen. Das Transistorradio hat sicher mindestens 20 Jahre auf dem Buckel.

Es war bestimmt mal der Stolz seines Besitzers, denn früher waren solche Geräte noch verhältnismäßig teuer. Heutzutage hat es nur noch nostalgischen Wert, aber für mich ist es neben dem Telefon die einzige vernünftige Verbindung zur Außenwelt und somit unbezahlbar. Sicher, eine ordentliche HiFi-Anlage mit schweinaguten Boxen wäre hier auch nicht verkehrt, aber manchmal sollte man mit dem bißchen zufrieden sein, was man gerade hat.

Endlich finde ich irgendwo auf einer mittleren Frequenz den gesuchten Jugendpopsender mit dem nasallastigen Nachrichtensprecher. Während man mir gerade etwas von Bombenattentaten in irgendwelchen Einkaufszentren und Gesetzänderungen für Rentenbeiträge berichtet, peile ich die Antenne für einen besseren Empfang in alle möglichen Himmelsrichtungen. Zum Glück ist es draußen klar und unbewölkt, dadurch ist ungetrübtes Radiohören trotz einiger Überreichweiten so gut wie sicher. Kurz darauf wird die Stimme des Sprechers laut und deutlich. Dem Genuß guter Rock- und Pop-musik dürfte nun wirklich nichts mehr im Wege stehen. Nach diesem kleinen Erfolg krame ich aus dem Pappkarton die Rechnungsdurchschläge hervor und setze mich mit leichtem widerwillen an den Schreibtisch. Jetzt wird es ernst. Der Spaß kann beginnen.

Meine genaue Tätigkeit besteht darin, alle Rechnungsdurchschläge nach Rechnungsnummer zu sortieren und diese dann numerisch in die entsprechenden Ordner abzuheften. Für diesen Vorgang braucht man nun wirklich kein Abitur – aber wie schon gesagt, es geht hierbei mehr ums Prinzip als um die

Sache selber. Auch der gute Herr Wagenbach wird sich in diesen vier Wänden nicht gerade bevorzugt fühlen. Die Schmach des Unterfordertseins macht die Angelegenheit zur Pein. Die Ziffern auf den Durchschlägen verkünden von einem heillosen Durcheinander. Hoffentlich sind nicht wieder so viele alte Nummern dabei. Das bedeutet, daß ich dann in den verstaubten Regalen nach den entsprechenden Ordnern suchen darf. Auf dem Schreibtisch liegt immer der aktuellste Ordner, damit man nicht jedesmal hin und her laufen muß. Auf dem Ordnerrücken steht, welche Rechnungsnummern abgeheftet sind bzw. noch werden. So kann jeder schnell das gesuchte Exemplar finden.

Ich nehme mir den obersten Durchschlag vor und sortiere alle anderen Blätter darüber oder darunter, je nach Höhe der Rechnungsnummer, so einfach ist das. Im Prinzip könnte man den ganzen Stapel locker unter einer Stunde bewältigen. Aber wenn man mich schon hierher verbannt, dann sollen mich die Kollegen ruhig auch ein Stündchen entbehren können. Außerdem hat Herr Wagenbach ja angedeutet, ob ich nicht mal eben bis zur Pause die Ablage machen könnte. Entweder trödelt er selber die ganze Zeit hier rum oder er wollte mir etwas gutes tun: Fünfzehn Minuten Arbeiten und dann fünfundvierzig Minuten Däumchen drehen.

Langsam kommt mir in den Sinn, daß das ganze vielleicht auch nur ein Test für Auszubildende ist. Irgendwo in diesem Raum sind zwei oder drei Kameras mit Mikro versteckt, die jede Bewegung oder ausgesprochenen Fluch beobachten und festhalten. Frau van Houten oder Herr Friedel sitzen an den geheimen Monitoren und notieren jedes Fehlverhalten. Der Gedanke daran macht mich ganz schummerig. Allerdings ist die sechsmonatige Probezeit längst um, welchen Sinn sollte es dann machen mich hier zu beobachten. Klar - die wissen noch nicht wen sie übernehmen sollen und treffen mit der Überwachung ihre Entscheidung. Wer zuerst mit der Arbeit fertig ist und dann unverzüglich wieder zur Basis bzw. ins Büro zurückkommt, darf sich wahrhaftig ehrlicher Held der Arbeit nennen und wird nach Beendigung der Ausbildung ehrenhaft übernommen.

Vorsichtig schaue ich vom Schreibtisch aus zu den Ecken des

Raumes und suche nach Spiegeln oder Bildern, um die Verstecke der Kameras zu lokalisieren. Doch keine Spur von Überwachung álá "Big Brother is watching you". Meine eigene Phantasie ist mit mir durchgegangen. Niemals würde man hier eine sauteure High-Tech-Spionage Anlage für die popeligen Lehrlinge installieren. Nicht mal Wanzen zum Abhören würde man auslegen. Und wenn Herr Friedel für die Übernahme eine Entscheidungshilfe benötigt, kann er dieses auch mit einem Münzwurf erledigen. Zudem bin ich auch nicht gerade heiß darauf, übernommen zu werden.

Aber irgendwie bin ich weiter beunruhigt. Was wäre, wenn ich wirklich einem Test oder Experiment unterliegen würde. Ich erinnere mich an einen Vorfall, als ich am Anfang der Ausbildung in der Stahlblechabteilung meinen Weg finden sollte.

Herr Hess, der zuständige Prokurist, bat mich, ins Stahlrohrlager zu gehen um dort einen Vorarbeiter nach irgendwelchen Unterlagen zu fragen. Herr Hess, meinte, wenn ich schon mal da bin, sollte ich mich wie ein kleines neugieriges Kind umschauen, um die Arbeitsvorgänge im Lager zu beobachten und zu verstehen. Die Anordnung war klar - Vorarbeiter suchen, nach Unterlagen fragen, umschauen und begreifen, zurück kommen. Als ich dann im Lager war, wußte der gesuchte Vorarbeiter nichts von den angefragten Unterlagen. Um nicht umsonst ins Lager gegangen zu sein, schaute ich mich in alle Ruhe um und beobachtete teilweise, wie ein LKW entladen wurde und wie einige Lagerarbeiter Stahl schnitten oder Rohre sägten. Daraufhin kam der Vorarbeiter mit der Order zu mir, ich sollte schleunigst wieder zu Herrn Hess. Jener hätte gerade angerufen und mich vermißt. Als ich wieder oben im Büro des Prokuristen war, erteilte mir dieser eine Rüge mit, weil ich nicht unverzüglich wieder zu ihm zurückgekommen bin. Daraufhin ist mir dann der Kragen geplatzt. Ich wurde etwas laut und haute protestierend auf den Tisch mit der Anmerkung mich in diesem Sinne nicht verarschen zu lassen. Mir war schon bewußt, daß man mit solchen Unmutsbekundungen seine Ausbildungsstelle aufs Spiel setzen könnte, aber bei drohender Ungerechtigkeit und Provokation kann ich wirklich zum Tier werden. Herr Hess hat mit meiner resoluten Reaktion wohl nicht gerechnet und erblaßte stillschweigend in seinem schwarzen Ledersessel.

Ich wurde in Ruhe gelassen, jedoch mußte ich mir im nachhinein die ein oder andere Stichelei anhören.

Damals stand es 1:0 für mich, doch Herr Hess könnte jederzeit versuchen den Ausgleich zu erzielen und mich dann auch noch mit einem weiteren raffinierten Treffer in die Knie zwingen.

Schlimmerweise erinnert er mich mit seiner oberlehrerhaften Art an meinen Schuldirektor, mit dem ich auch nicht gerade das allerfreundschaftlichste Verhältnis hatte. Aber beiden muß ich zugute halten, daß sie ihre Machtposition nicht vollends gegen mich ausgenutzt haben. Zumindest der eine nicht bis jetzt.

Im Radio kündet gerade der Nachrichtensprecher für den weiteren Tagesverlauf blauen Himmel mit milden Temperaturen an. Für Morgen allerdings soll Petrus angeblich weniger gnädig gestimmt sein. Mit schweren Wolkenbrüchen und heftigen Winden sei zu rechnen. Eigentlich wäre genau dies das richtige Wetter um meinen deprimierenden Job zu erledigen. Wenn der Himmel Wölfe kotzt fühlt man sich am wohlsten in diesen Räumen. Weltuntergangsstimmung, das paßt zu diesem Ambiente.

Draußen scheint eildieweil verschwenderisch die Septembersonne mit ihrem üppigen Glanz. Hellblau erstreckt sich der Himmel und kein Wölkchen trübt den Blick. Ein kleines Sportflugzeug fliegt weit hoch über dem Haus. Als der Sprecher im Radio eine kurze Pause nach der Zeitansage einlegt, kann man leicht die sanften Motorgeräusche vernehmen. Für diesen minimalen Augenblick scheint die ganze Welt in Ruhe und Harmonie zu versinken.

Hinzu mischt sich das Gezwitscher einiger Vögel. Der Tag ist viel zu schön um sich das Leben schwer zu machen. Ein treibendes Gefühl von Fernweh macht sich in mir bemerkbar und ich träume mit offenen Augen intensiv davon, daß ich in diesem Moment an einem weißen Strand unter Palmen liege, mit einem kühlen Drink in der Hand und dabei den lieben Gott einen guten Mann sein lasse. Barbusige Frauen in Baströckchen fecheln mir munter mit Palmwedeln frische Luft zu und just in dieser Sekunde dudelt das Radio mit vergnüglicher Gitarrenrockmusik den idealen Soundtrack dazu.

Ich erkenne den guten alten Joe Satriani mit seinem Instrumentalstück "Motorcycle Driver". Wirklich famos wie er passend zu meiner Gedankenwelt seine Stromklampfe bearbeitet. Eigentlich ist es schon wieder ein bißchen zu schwungvoll, um faul am Strand rumzuhängen. Durch den peitschenden Rhythmus sehe ich mich jetzt dem Titel trotzend in einem chromglänzenden Cabriolet westamerikanische Highways lang gleiten. Links und rechts stehen verlockende Imbißbuden und riesige Supermärkte in denen man seinen Durst und seinen Hunger stillen kann. Ja, ich weiß. Gleich ist Mittagspause.

Normalerweise spielt der Sender nicht so anspruchsvolle Sachen, aber das Gute-Laune-Wetter scheint auch die Leute in der Radiostation anzustecken.

Überall möchte ich jetzt sein und alles machen dürfen. Cabrios fahren - in klaren Flüßen schwimmen - beim Fußball entscheidende Tore schießen - frei sein -.

Überall möchte ich sein, nur nicht hier in diesem muffigen schattigen Raum der mich von der Außenwelt, in der alle im Moment Spaß zu haben scheinen, ausgrenzt. Doch während der schönen flotten Musik scheint die Zeit wieder wie im Fluge zu vergehen. Bei der letzten Zeitansage vorhin war es gerade mal 11.02 Uhr und nun während Satriani die letzten Takte seines Werkes ausklingen läßt, heißt es auf einmal 11.07 Uhr. Ich bin verdutzt. Wer hat an der Uhr gedreht? - Ist es wirklich schon so spät?

Und während die Moderatorin gerade brav ihre Begrüßungsworte an die jungen Hörer richtet, tickt der Sekundenzeiger wieder im gewohnten Schneckentempo seine Einheiten. Zu früh gefreut. Die Realzeit hat mich wieder eingeholt.

Die ganze Situation kommt mir zunehmender grotesk und völlig absurd vor. Hinter dem Fenster spielt sich das wahre Leben ab und ich darf mich mit Grundklässlerarbeit abgeben.

Instinktiv will ich mich beeilen um aus dieser Hölle zu entrinnen. Ich werde diese verdammten Rechnungsdurchschläge zügig sortieren und abheften um wieder schnell meine Freiheit zu erlangen. Dieses Büro ist zudem so beschissen, daß man hier nur arbeiten kann.

Die Zahlen auf dem Papier verschwimmen immer mehr. Mal

tanzt die Eins mit der Sieben, mal verhaken sich die Fünf und die Sechs oder ringt die Drei mit der Acht. Zu schnelles und hastiges Arbeiten provoziert Fehler, und Fehler können fatale Folgen haben. Auch wenn ich nicht gerade mit Aktienkursen jongliere oder als Fluglotse Jumbos dirigiere, möchte ich lieber keinen Ärger mit den diversen Vorgesetzten bekommen, falls sich irgendwelche wichtigen oder völlig unwichtigen Blätter in falscher Reihenfolge in die unrichtigen Ordner hineinschmuggeln. Im Prinzip kann man in der Ablage nichts wirklich schlimmes anstellen. Die gröbsten Fehler passieren eher beim direkten Kundenkontakt. Einmal habe ich in der Röhrenverkaufsabteilung einem Kunden telefonisch ein großes Rohrstück zu einem günstigen Preis frei Haus verkauft. Herr Odlinger, ein Sachbearbeiter mußte den Kunden wieder anrufen um einen neuen Preis auszuhandeln. Es gab zwar keinen großen Ärger, aber die Angelegenheit war mir und wohl allen anderen Beteiligten äußerst peinlich. Gravierender war da schon ein Versehen, welches sich Jörg geleistet hat. In der Hitze des Gefechts hat er einem Kunden falsche Konditionen bzw. die Konditionen eines anderen Kunden zugefaxt. Eine sehr delikate Angelegenheit. Ich habe auch schon von Fällen gehört, wo Mitarbeiter von irgendwelchen anderen Großhändlern mal versehentlich die Einkaufspreise verschickt haben.

Überhaupt ist das Fehlerpotential in der Röhrenverkaufsabteilung eh am größten, da man dort dem meisten Streß unterliegt. Die Mit- und Gegenarbeiter in dieser Division stehen den ganzen Tag unter Strom im Gegensatz zu allen anderen Angestellten bei Ernst Stamm. Bereits morgens um 8.00 Uhr klingeln die Telefone heiß und mitunter geht es zu wie an der Börse.

Großkunden rufen an und wollen gute Preise für bestimmte Stahlrohre. Dann wird in einer großen Kartei, wohlgemerkt nicht im Computer, nach dem Bestand im Lager und dem Einkaufspreis nachgeschaut. In Kundenordnern kann man dann kontrollieren, zu welchen Konditionen der Anrufer seinen letzten Auftrag bekommen hat.

Das der Computer hier noch nicht Einzug gehalten hat, ist bei diesen Möchtegern-Brokern extrem verwunderlich. Aber um im

Laufe der Jahre konkurrenzfähig zu bleiben, wird man wohl auf neueste Kommunikationstechnik nicht verzichten können. Zwischendurch müssen Lieferanten angerufen werden, um sich nach Lieferterminen und Lieferbedingungen zu erkundigen. Während man zu den Kunden stets höflich und gelassen bleibt, kann man einen Lieferanten, dessen Kunden wir schließlich sind, entsprechend mal Dampf ablassen und zusammenscheißen. An wem er seinen Frust abläßt, ist dann seine Sache. Auch Auszubildende dürfen Lieferanten unter Umständen mal fertigmachen und verbal zusammenfalten. Auch dies will gelernt sein und meinen Meister darin habe ich in Herrn Gartz gefunden, einem noch relativ jungen Angestellten mit Nickelbrille, der mit seiner arroganten altklugen Art eher faszinierend als abstoßend wirkt. Wenn er Lieferanten, Lagerarbeiter oder Auszubildende in die Mangel nimmt, könnte man auf jeder Kleinkunstbühne Eintritt dafür verlangen. Die meisten Leute in der Firma mögen ihn nicht besonders, aber ich finde seine fast theatralisch wirkende Überheblichkeit amüsant.

Ein weiterer liebenswürdiger Kotzbrocken in dieser Abteilung ist Herr Karlstadt, der Prokurist für Rohre. Er wirkt sehr gelassen, aber auch knallhart und kompromißlos. Fehler sind für ihn unverzeihlich, aber im Gegensatz zu Herrn Hess ist er wenigstens berechenbar. Auszubildende werden von ihm nicht so oberlehrerhaft und herabsetzend behandelt. Dafür hat er auch viel zu wenig Zeit. Morgens ist Herr Karlstadt der Erste, der kommt und abends der Letzte, der geht. Mittagspausen ignoriert er. Statt dessen trinkt er Tankladungen von starken schwarzem Kaffee. Im Prinzip könnte er sich den auch rund um die Uhr intravenös einspritzen lassen. Zudem klebt er den ganzen Tag an seinem Chefsessel und telefoniert stundenlang mit wichtigen Kunden. Er ist der Prototyp des Workaholics. Ein Arbeitstier per excellence, der lebt um zu arbeiten und nicht umgekehrt, wie ich es sonst gerne für mich selber formuliere.

Als ich damals bei Ernst Stamm angefangen habe, hatte er noch schwarzes Haar. Heute, über ein Jahr später, ist sein Schopf stark mit grauen und weißen Strähnen versetzt, was wohl ausnahmsweise nicht gerade an mir liegt. Immerhin habe auch ich in seiner Abteilung den größten Streß durchgemacht. Ich erinnere mich gut, wie uns mal eines morgens um ca. halb neun ein Kunde besuchte und für jeden Mitarbeiter einen Berliner mitgebracht hat. Auch für mich war einer dabei und ich plazierte ihn genüßlich auf einen kleinen Kuchenteller um ihn würdigend zu verzehren. Allerdings bog sich mein Schreibtisch vor dringend zu erledigender Arbeit. Stapelweise mußte ich irgendwelche Formulare ausfüllen, Firmen anrufen, Lieferscheine kontrollieren, Auftragsbestätigungen faxen, Telefonate entgegennehmen, Sachen kopieren und sonstigen Krempel erledigen, bevor ich nur einmal mit gutem Gewissen gegen halb zwölf in meinen nicht mehr frischen Berliner reinbeißen konnte. An diesem Ort kommen nur eingefleischte Masochisten zurecht.

Wenn ich jetzt wieder kurz aus dem Fenster schaue, sehe ich rechts die Längsseite des Röhrenlagers. Ich kann mir gut vorstellen, wie gerade die Jungs aus Karlstadts Division den anderen Jungs aus dem Lager ordentlich einheizen. Allerdings überträgt sich die Hektik der Angestellten noch lange nicht auf die Arbeiter. Dort können Unachtsamkeiten zu schwerwiegenden Gesundheitsschäden führen. Während allzu hektisches treiben im Büro höchstens dazu führen kann, das man sich die Finger an scharfkantigen Blättern schneidet oder in Aktenordnern klemmt oder vielleicht sich am zu heißen Kaffee verbrüht oder lachend vom Bürostuhl fällt, lebt man im Lager doch entschieden gefährlicher.
Kleine Verletzungen in Form von Prellungen, Quetschungen oder Schnittwunden sind dort an der Tagesordnung. Mehr will man jedoch nicht in Kauf nehmen. Vor einigen Monaten, als ich für einige Tage meinen Ausbildungsdienst mit einem Blaumann im Lager beginnen durfte, konnte ich ein wenig stahlgeschwängerte Hallenluft genießen. Die Arbeiter dort nehmen ihren Job recht locker, obwohl sie täglich schwer schuften müssen. Die Hauptaufgabe besteht darin, LKWs zu entladen, die Stahlrohre in geordnete Verhältnisse zu plazieren, sie später aus den Lagerbehältnissen wieder zu entnehmen und versandfertig zu machen und diese dann auf andere LKWs zu beladen. Meine Aufgabe bestand mehr oder weniger darin, den ganzen Vorgang aus einer sicheren Distanz zu beobachten oder bei leichten Sachen guten Willen zu zeigen und mitzuhelfen. Im

Prinzip hat man sich mit dem Lagervolk ganz gut verstanden, denn in ihren Augen, waren Lehrlinge die mit zupacken können oder zumindest wollen, weitaus höherwertig als die arroganten Sesselpupser aus den Büros. Teilweise habe ich auch in den Pausen mit den Jungs in der Halle Tischtennis oder vor der Halle Fußball gespielt. Allerdings konnte ich mich nicht überwinden, mit den Lagerarbeitern gemeinsam in dem Pausenaufenthaltsraum Mittag zu Essen.

Einmal hatte ich dieses zweifelhafte Vergnügen über mich ergehen lassen und ich kam mir vor wie in einer Kantine für Schwererziehbare oder Geisteskranke. Die Essmanieren mit ständigem Brüllen, Rülpsen, Furzen und Schmatzen wirkten bei mir nicht gerade sehr appetitanregend und so zog ich es vor, mich beim Essen zurückzuziehen. Bei gutem Wetter habe ich meine Pausenbrote mit einigen ruhigeren Kollegen in einer stillen Ecke verdrückt. Der Blaumann hemmte mich, wie üblich zum Mittagsmahl ins Schnellrestaurant zum nahegelegenen Hypermarkt zu gehen und dort den Blicken der anderen ausgesetzt zu sein. Irgendwie wird man schief angeguckt und meiner Meinung nach nicht richtig ernst genommen. Auch die Kollegen aus den Büros nehmen einen nicht mehr für voll, obwohl man als Lehrling ohnehin schon der Zubelehrende ist. Wenn man dann in der Öffentlichkeit mit Schlips und Kragen herumläuft, ist man in der Hierarchie automatisch einige Plätze nach oben geklettert. In den Geschäften wird man freundlicher und zuvorkommender behandelt, denn schließlich könnte man eine wohlhabende und wichtige Person sein.

In der Firma würde ich jedoch niemals eine Krawatte tragen, denn hier würde man nur Spott und Mißgunst ernten und im Lager sind Schlipsträger verhaßte und verweichlichte Theoretiker. Also paßt man sich seinem Milieu an und versucht innerhalb dieser kleinen Arbeitswelt nicht weiter durch unangepaßte Kleidung oder Sprachgebrauch aufzufallen. Letztendlich ändern sich im Lager auch Grammatik, Satzstellung und Vokabeln. Teilweise kann man hier seinen Vulgärwortschatz erheblich erweitern. Folgernd werden hier auch weitaus derbere Witze und Zoten erzählt, als man sie in den keimfreien Büros jemals hinter vorgehaltener Hand erzählt bekommen würde. Zudem kann man hochinteressante Anregungen für Tattoos sehen.

Vom klischeehaften Love/Hate zwischen den Fingern, dem Anker auf dem Arm oder die Meerjungfrau bis hin zum Viermaster auf dem Bauch ist hier fast alles vertreten. Mit viel Phantasie erinnert die ganze Szenerie ein wenig an große Häfen und den damit verbundenen üblen Spelunken und hart gegerbten Seeleuten die gerne ihr Seemannsgarn von alten Zeiten spinnen und manchmal ihre Muskeln spielen lassen. Nicht ohne Hintergedanken nennen die Büroangestellten die Lagerarbeiter auch Popeyes, Shantis oder Matrosen. Der Vergleich hinkt gar nicht mal so sehr, denn die Lageristen beladen oder löschen die LKWs, deren Fahrer man ja zum Teil gerne als Kapitäne der Fernstraßen tituliert. Allerdings fahren die fremden oder firmeneigenen LKWs nur mit Kapitänen und ohne Besatzung, denn die Lagerarbeiter bleiben selbstverständlich als Leibeigene hier.

Bier und Schnaps sind eigentlich während der Arbeitszeit nicht erlaubt, aber gelegentlich gönnt sich der eine oder andere schon vormittags ein hochprozentiges Schlückchen. Ein leicht betrunkener Arbeiter soll einmal während eines Einsatzes von einem hohen Regal in ein aufrechtstehendes Rohr gefallen sein, welches sich durch seinen Körper gebohrt hat. Bevor der Krankenwagen kam, mußte man erst mal das Rohr zurechtsägen, damit er überhaupt abtransportiert werden konnte. Ein Teil seiner Eingeweide sei zu sehen gewesen und das Blut rann in Strömen auf den Hallenboden. Sein Geschrei soll markerschütternd gewesen sein und alle zwei Minuten fiel er in Ohnmacht, um kurz danach wieder schreiend aufzuwachen. Nach erst über einer Stunde, konnte er dann ins Krankenhaus gefahren werden. Dies ist jedenfalls die Geschichte, die mir Herr Schlinski, genannt Schlitzohr, am Anfang meiner Ausbildung eindringlich zur Warnung erzählt hat. Angeblich sei der Arbeiter von den Bürohengsten der Röhrenabteilung unter zeitlichen Druck gesetzt worden und hat somit gestreßt unter dem Alkoholeinfluß schluderhaft und fahrlässig gearbeitet. Ich verstand die Story als mahnende Parabel gegen Arbeitsstreß und Alkohol am Arbeitsplatz. Pommel, ein Lagerist mit dem ich mich sehr gut verstehe, hat mir später die wohl eher gültigere Version des Vorfalls geschildert.

In Wirklichkeit sei der Arbeiter stocknüchtern auf dem Regal gestolpert, weil er vor lauter Faulheit die Füße nicht hoch bekam. Er sei zwar hinunter gefallen, jedoch hat er sich an einem querliegenden Rohr nur eine Rippe geprellt und die Hand leicht verknackst. Mittlerweile arbeite er bei der Post oder irgendeiner anderen Behörde. Trotzdem soll man sich nicht hetzen lassen, denn schlimme Unfälle passieren jedes Jahr, meint Pommel. Aber schlimmer noch ist es, wenn die falsche Fracht auf den falschen LKW gerät. Diese Fehler wären unverzeihlich und dramatischer als der Ausbruch von Pest und Cholera bei den Lagerarbeitern. Zumindest für die Röhrenabteilung, die gerne über Leichen zu gehen scheint.

Die Uhr an der Wand zeigt gerade mal 11.10 Uhr und aus dem Empfangsgerät dröhnt gerade eine widerwärtige Schnulze von einer dieser geschniegelten Gruppen, die sich länger im Tanz- als im Tonstudio aufhalten.
Ich bin mir bewußt, daß zu schnelles Sortieren Fehler provoziert und die schlimmsten Fehler immer dann passieren, wenn man es eigentlich gut meint. Also schalte ich zwei Gänge zurück um meine Aufgabe vorbildlich zu erfüllen. Durch die langsame Musik wird mir mein Elend eindringlich klar. Zunehmend versuche ich mich durch den Rhythmus und die schleimigen Streicher zu denken, die mich in ihrer durchgestylten Einfachheit anekeln. Anstatt mich bei diesen Kuscheltönen zu beruhigen, werde ich immer nervöser. Der schmelzige Harmoniegesang zieht sich wie Kaugummi durch das Stück und scheint die Zeit mit festzukleben. Wie lange der Komponist oder Produzent an diesem Schmachtfetzen wohl rumgebastelt hat?
Sicherlich hat er wohl auf die Schnelle drei Stück von diesen akustischen Umweltverschmutzungen vor seinem Frühstück aufgenommen, die er jetzt dutzendweise irgendwelchen niedlichen Boygroups vom Reißbbrett aufschwatzt. Aber ehrlich gesagt, würde ich jetzt nur allzugern mit diesem Produzenten tauschen. Anstatt mich mit dem ganzen Aktenkrempel rumzuärgern, würde ich in diesem Moment lieber seinen Geldspeicher betreten und ein ordentliches Geldbad nehmen. Der hüpft bestimmt fröhlich pfeifend jeden Morgen in sein Tonstudio, falls er nicht ohnehin schon das selbige im Keller seiner

20-Zimmer Villa hat. Dafür lohnt es sich auch morgens um fünf aus dem Bett zu springen und daran zu glauben, daß jeder Tag gut wird. Genauso gut kann er aber in diesem Augenblick mit höllischen Kopfschmerzen am Mischpult sitzen und den Tag verfluchen als er sich diesen Job aussuchte. Da sitzt er nun und wünscht sich wohlmöglich ein ruhiges Plätzchen wie diesen Raum und würde seine Seele dafür hergeben um diese Ablage an meiner Stelle zu verrichten. Bitte lieber Gott oder wer auch immer.... Laß uns diesen Wunsch wahr werden. Bitte, bitte, bitte mit Zuckerhäufchen und Sahnehäubchen und ich werde auch nie wieder in Deinem oder sonstwer Namen fluchen, aber bitte beende diesen Zustand oder zumindest diese trübsinnige Ballade im Radio.

Mit lautem Geschrill läutet auf einmal rechts von mir das Telefon. Der Ton und die Lautstärke zerreißen mir vor lauter Schreck fast das Trommelfell und die Herzkammern. Normalerweise werden mit diesem Apparat keine Telefonate geführt. Leider kann man damit auch nicht nach draußen kommunizieren, da Frau van Houten in der Zentrale diesen Anschluß persönlich weiterleiten muß. Damit ist auch ausgeschlossen, daß man mal eben seine Cousine in Hongkong anruft oder direkt die Feuerwehr im Notfall alarmiert.
Wer will mit mir jetzt wohl sprechen? Habe ich drüben irgendetwas falsch gemacht oder vergessen? Mein schlechtes Gewissen wird auf das äußerste geprüft. Wenn drüben in den Verkaufsabteilungen das Telefon für mich klingelte oder ich an einem anderen Apparat für einen Kollegen rangehen mußte, bedeutete dies meistens Streß!
Am schlimmsten sind ausländische Kunden, die einen vor allen im Büro Anwesenden zwingen Englisch zu reden, wobei man seine Vokabeln und korrekten Satzstellungen aus der hintersten Ecke des Langzeitgedächtnis hervorkramen muß, was meistens in peinlichen Dialogen ausartet.
Perverser dagegen sind Schwaben am Telefon, die man Dank ihres nuscheligen und eigensinnigen Dialektes überhaupt nicht versteht und man am liebsten vor lauter Verzweiflung den Hörer wieder einhängen möchte.
Ein Kunde wird sich wohl nicht bis hierher verirrt haben, hoffe

ich und nehme den schmutzig verklebten Hörer vor dem zweiten Läuten ab. Ich halte die Muschel besser nicht allzu nah an mein Ohr. Garantiert nisten an dem Plastik ganze Staaten von Bakterien, Bazillen, Viren oder sonstige ungesunde Lebewesen. Gleich werde ich wissen, wer mich stört. Aha, es ist Frau van Houten die sich entschuldigt, weil sie ja eigentlich Herrn Wagenbach sprechen wollte, aber sie wußte jetzt nicht wo sie ihn suchen sollte und dachte irgendwie an den herausgegebenen Schlüssel und vermutete ihn an meiner Stelle. Ich versuche die ganze Situation leicht verärgert ins lächerliche zu ziehen, indem ich ihr spaßig mitteile, daß ich schon der Herr Wagenbach bin und mein neuestes Hobby die perfekte Stimmimitation sämtlicher Auszubildender sei und mich darüber hinaus in alle Angestellten der Firma Ernst Stamm verwandeln kann. Frau van Houten scheint darüber sehr amüsiert zu sein und bescheinigt mir Originalität. Zum Glück hat sie es nicht in den falschen Hals bekommen, aber ich hätte sie genausogut fragen können, ob dies ein billiger Kontrollanruf war oder ob sie mittlerweile an Alzheimer erkrankt sei, denn so blöd kann man doch gar nicht sein, daß man mich innerhalb von 15 Minuten wieder vergessen kann. Sie fragt mich, ob ich wohl wüßte wo Herr Wagenbach zu suchen sei, woraufhin ich ihr sage, daß ich leider keine Ahnung habe. Gleichzeitig hätte ich auch gut und gerne Lust gehabt ihr zu erzählen, daß ich Herrn Wagenbach gefesselt und geknebelt hier im Archiv liegen habe und ich ihn in kleinen Scheiben schneiden werde, falls man mir nicht sofort die erfolgreich bestande Groß- und Außenhandelsprüfung bescheinigt, damit ich endlich befreit bin und mit dem richtigen Leben anfangen kann. Frau van Houten verabschiedet sich höflich und ich lege den verdammten Siffknochen wieder dahin, wo er hingehört.

Ich frage mich, was das nun eigentlich zu bedeuten hat. Sind gerade alle Beobachtungskameras und Monitore ausgefallen oder ist die alte Schachtel da vorne reif für die Bollerburg?
Was wohl passiert wäre, wenn ich der wirklich gesagt hätte, was ich im Innersten über sie gedacht habe? Peinlich wenn man eines Morgens aufwachen würde und man könnte nur noch das sagen, was man wirklich denkt. Nicht auszudenken im wahrsten

Sinne des Wortes. Vielleicht gibt es ja irgendeine Nervenkrankheit, bei der im Gehirn das Denken nicht mehr planmäßig gesteuert werden kann und man all das sagt, was man auch im gleichen Augenblick denkt. Und diese Krankheit ist am besten noch tröpfchenmäßig wie ein harmloser Schnupfen übertragbar. Die ausgesprochene Wahrheit könnte dann zu einem existentiellen Problem für die ganze Menschheit werden. Oder sind verborgene unausgesprochene Gedanken dramatischer als die verdeckte Wahrheit? Eines Tages wird die Wissenschaft und die Technik so weit fortgeschritten sein, daß man einen Videorecorder ans Gehirn anschließen kann, der Gedanken und Träume sichtbar macht. Geheimnisse werden aufgedeckt und somit öffentlich, je nachdem wer es sich zunutze macht. Zwar könnte man unvorstellbar phantasiereiche Musik, Videoclips oder Spielfilme mit fiktiven Schauspielern, Drehorten und überdimensionalen Specialeffects erdenken, jedoch bleiben die Gedanken nicht frei und der Mensch wird zum gläsernen Objekt, daß man nach belieben anzapfen kann um das innerste nach außen zu drehen.

Wenn Frau van Houten dieses Gerät vorne am Empfang hätte, würde sie wohl nur allzu gerne Gedankenpolizei spielen und jeden Mitarbeiter auf ungute Gedanken kontrollieren.

Herr Friedel wertet die Ergebnisse aus und kann sich dann von gut 3/4 aller Mitarbeiter trennen, die jemals über die Firma oder leitende Angestellte geflucht oder Mordgedanken gehegt haben oder Büromaterial eingesteckt haben oder grobfahrlässige Fehler verursacht haben, ohne das dies je offiziell herauskam. Von Blaumachern erst ganz zu schweigen. Die Fluktuationsrate wird für die Zukunft nicht nur für die Ernst Stamm GmbH gigantisch sein und alle Arbeitnehmer im Land werden wohl durchschnittlich alle 3 Monate den Betrieb wechseln müssen, da man niemanden mehr trauen kann, aber trotzdem neue Angestellte benötigt. Bürotätige werden wohl ohnehin von Zuhause am Computer ihre Arbeit verrichten und die Daten Online zur Firma transferieren. Die morgendlichen Staus auf den Straßen werden gegen Verstopfungen auf der Datenautobahn eingetauscht, jedoch könnten alle etwas länger schlafen und ihre Arbeit im Morgenmantel oder vom Bett aus machen. Der direkte Ärger mit unbequemen Vorgesetzten entfällt und man ist nicht mehr seinen Mit- und Gegenarbeitern ausgeliefert. Zudem kann man Zuhause am PC soviel Knoblauch, Zwiebeln und hochprozentigen Fusel einnehmen wie man lustig ist und keiner beschwert sich über den zu stark oder zu schwach aufgesetzten Kaffee oder den Zigarettenqualm.

Allerdings würde dieser Fortschritt bei Ernst Stamm erst mit jahrzehntelanger Verzögerung eingeführt werden, denn die Verkaufsabteilungen arbeiten immer noch mit dem mittelalterlichen Karteisystem anstelle von PCs, ganz zu schweigen von den vorsintflutlichen Fernschreibgeräten, die man noch benutzt. Bis vor kurzem hat man aus den Fenstern sicherlich noch getrommelt um sich mit anderen Firmen zu verständigen.

Apropos Fortschritt. Die Uhr zeigt 11:13 und ich frage mich warum heute alles so langsam gehen muß. Wenn ich zu schnell arbeite mache ich Fehler, wenn ich zu langsam bin, komme ich aus diesen Raum nicht mehr lebend raus. Aus dem Radio erklingt gerade ein Stück von "Kraftwerk". Nach dem Intro zu beurteilen müßte es...,müßte es "Die Roboter" sein. Ja, ich bin mir sicher und jetzt registriere ich auch schon den Text. Schön, diese Ironie des Schicksals. Hat heute der liebe Gott die Musik im Radio für mich ausgesucht oder ist vielleicht doch eine Kamera im Raum versteckt, die mein Leiden aufzeichnet und mich dann im Fernsehen als Opfer bloßstellt? - Heute sehen Sie, liebe Fernsehzuschauer, wie wir einen jungen hoffnungsvollen Auszubildenden eine Stunde lang mit stupider Arbeit, nervenden Telefonaten und hintersinniger musikalischer Untermalung an den Rand des Wahnsinns getrieben haben. - Allmählich werde ich wirklich noch paranoid wenn das so weitergeht. Was könnte wohl als nächstes kommen?

Um mich akustisch wenigstens ein bißchen zu betäuben, drehe ich den Lautstärkeregler etwas höher und wippe mit den Füßen zum Rhythmus. "Wir laden unsere Batterien, jetzt sind wir voller Energie", singe ich leise mit. Allerdings sind meine Batterien gleich auf Null, wenn ich nicht gleich etwas zu Essen bekomme. Die trockene staubige Luft in dieser Kammer macht mich auch total durstig. Das nächste mal, falls ich diesen Raum jemals wieder betreten muß, nehme ich mir eine Feldflasche mit.

Ja, wie ein kleiner Roboter komme ich mir vor. "Wir sind auf alles programmiert und was Du willst wird ausgeführt". Der Text ist Programm, denke ich mir.

Ich merke, daß mit richtiger Musik wirklich alles besser geht, denn das Sortieren der Blätter kommt mir nun viel einfacher vor, obwohl ich mich auf mehrere Dinge; sprich: numerische Ordnung der Durchschläge, Musik, Text, Rhythmus, Denken, Atmen, Hunger und Durst; gleichzeitig konzentriere.

Das positivste bei der Ablage ist wirklich die Tatsache, daß man hier ungestört und in beliebiger Lautstärke seine Mucke geniessen kann. In den anderen Büros ist Radio hören verpönt oder halt nicht gestattet. In der Abrechnungsabteilung steht ein Gerät, aber die Angestellten dort hören ebenfalls eher seichte Unterhaltungsmusik. Und Frau van Houten hat glaub´ ich auch eins in ihrer Nähe mit Schlagerschmonzetten. Sie ist besonders an sensationellen aktuellen Nachrichten interessiert, die sie entsprechend schnell an alle anderen Mitarbeiter verkünden muß. Informationsvorsprung ist eben alles.

In den Lagerhallen wird natürlich auch Musik gehört, allerdings noch lange nicht so laut wie jetzt bei mir. Man muß halt aus der Not eine Tugend machen und aus einer unangenehmen Lage das positivste heraussuchen.

Oh weh...was ist denn jetzt los! Der Empfang rauscht und knackst und verschwindet plötzlich. Ich sollte den Sender am besten noch einmal feiner justieren. Scheiße!!! Der blöde Kasten bleibt stumm wie eine Fischfrikadelle. Vielleicht ist der Sender ausgefallen, aber ich kann drehen wohin ich will, ich höre nichts, kein anderer Sender weit und breit. Nicht einmal ein Rauschen. Der Strom..., der Strom muß ausgefallen sein, aber die Schreibtischlampe brennt noch. Die Steckdose..., ich muß den Stecker in die Steckdose von der Lampe anschließen. Auweia.., hoffentlich ist das Radio nicht kaputtgegangen als ich es vorhin lauter gedreht habe. Verdammte Scheisse... die andere Steckdose bringt auch nichts. Vielleicht sollte ich es noch mal weiter hinten im Raum probieren. Dort ist eigentlich der beste Empfang. Mhm, wo war denn hier noch gleich die Steckdose? Irgendwo zwischen den Akten muß ein kleiner Spalt sein, wo eine Steckdose zu erreichen ist. Ich weiß es ganz genau, weil ich das Gerät einmal dort vorgefunden habe. Der Empfang in dieser Ecke ist kurioserweise am besten, aber dafür ist normalerweise das Radio von meinen Ohren etwas zu weit entfernt. Ah, das haben wir ja unsere Steckdose. Oh, Du bist jetzt meine einzige Rettung. Bitte, laß den Kasten in Ordnung sein. Bitte, laß wieder Musik oder sonstwas zu hören sein. Der Stecker paßt, das Knöpfchen noch gedrückt und..., na..., nun komm schon..., sag was..., vielleicht nochmal alle Knöpfchen durchdrücken..., bitte..., mach schon..., ich glaub das war´s..., tot..., einfach tot. Wie erkläre ich das nur Herrn Wagenbach? Einen cholerischen Tobsuchtsanfall wird er nicht gerade kriegen und zur eigenen Lynchjustiz wird er auch nicht greifen, dafür ist er viel zu gutmütig. Aber er wird wohl sehr enttäuscht sein. Ich sollte ihm wohl ein neues Radio spendieren. Na, ein Gebrauchtes wird es auch tun um ihn zu trösten. Das liegt jedoch alles noch in ferner Zukunft und was mache ich in status quo? Keine Musik oder sonstigen erquikkende Geräuschkulisse während der Ablage zu haben, bedeutet entsetzlich schreiende Stille. Ein Zustand den ich nur während des Schlafens ertragen und genießen kann. Hektisches rütteln und schütteln macht das Radio auch nicht wieder lebendig. Wie ein angeschlagener Boxer sitze ich auf dem Boden und betrachte mir den Raum von einem völlig neuen Blickwinkel. Von dieser Seite sieht das Zimmer viel freundlicher und großzügiger aus. Weil die Schreibtischlampe nicht leuchtet, fällt das Sonnenlicht geradezu idyllisch in den staubigen Raum. Die ganze Situation kommt mir bizarr und lächerlich vor. Um mich herum stehen die ganzen Ordner in den längs und quer stehenden Regalen und müffeln vor sich hin. Einfach so, ziehe ich einen heraus und blättere ein wenig darin herum. Ich studiere die Namen der Firmen, die Orte sowie die bestellte Ware, die Menge und den Kaufpreis. Alle Rechnungen in diesem Ordner sind 5 Jahre alt. Was die wohl damals mit den verlangten Rohren gemacht haben? Einige Kunden handeln mit dem von uns gekauften Material und verticken es mit entsprechenden Profit an andere Endabnehmer weiter. Die Endabnehmer, natürlich auch ein großer Teil unserer Kunden, baut daraus je nach Format Möbel, Fahrräder, Waffen, Werkzeuge, Gerüste oder sonstwas. Unsere edlen Stahlbleche werden für Fahrzeugteile, Schränke, Maschinen oder Kästen benötigt. Einige Aufträge umfassen gerade mal eine dreistellige Summe, andere wiederum gehen in die zigtausend. Verbittert mache ich den Ordner wieder zu und versuche auszurechnen, wieviel Umsatz unsere Firma in den letzten zehn Jahren wohl gemacht hat. Aber irgendwie bin ich jetzt zu faul, um irgendwelche uninteressanten Fakten oder Spekulationen auszurechnen. Zahlen, Zahlen nichts als trockene Zahlen befinden sich links und rechts, über mir, vor mir und hinter mir. In der Sesamstraße gibt es diese seltsame Figur mit Monokel, Spitzbart, Zylinder, schwarzen Umhang und Vampirzähnen, der Graf Zahl genannt wird, weil er diesen inneren Drang hat, alles vergnüglich zählen zu müssen. Dieser Graf Zahl würde sich jedenfalls zwischen all diesen Leitzordnern sichtlich wohlfühlen. Er könnte hier alle Ordner zählen, alle Rechnungsdurchschläge, alle Kunden, alle Eselsohren an den Blättern, alle Buchstaben, alle Schreibfehler, alle Ziffern, alle Staubkörner und dann den ganzen Scheiß addieren, mit sich selbst multiplizieren, es durch die Anzahl der Sekunden zu dividieren die er dafür gebraucht hat und daraus die dritte Wurzel ziehen. Ein toller Zeitvertreib für masochistisch veranlagte Mathematiker. Sind nicht eigentlich alle Mathematiker verkappte Masochisten? Okay, die Mathematik ist streng rational und vollkommen logisch, denn es gibt nur ein Ergebnis ohne Alternative, das zählt. Jede Diskussion darüber wird ausgeschlossen. Aber wer will das wissen? Damals in der Schule fand ich Mathe ein äußerst zwiespältiges Fach. Persönlich fand ich Geometrie und Prozentrechnung am spannendsten und für das weitere Leben am ehesten nachvollziehbar, aber was um alles in der Welt will ich mit binomischen Formeln und Kurvendiskussion oder dem Logarhythmus? Bis heute habe ich davon im wirklichen Leben noch nie davon Gebrauch gemacht und kann es mir auch für die Zukunft beim besten Willen nicht vorstellen. In der Berufsschule sind momentan natürlich Dreisatz und Prozentrechnung Trumpf. Zum Glück. Alles andere hätte mich sehr gewundert, denn die Berufsschule soll uns auf das vorbereiten, was wir wirklich einmal für unsere Abschlußprüfung und späteren Lebenslauf brauchen. Allerdings macht mir Buchführung ein wenig zu schaffen, ein Fach dessen Wichtigkeit ich nicht bezweifeln will.

Zu Beginn des Unterrichts schien es auch recht simpel zu sein, aber mit je mehr Konten man jongliert, umso vertrackter wird die Aufteilung. Niemals will ich Buchhalter werden, dafür bin ich nicht geboren. Eher verkaufe ich mein Körper der Pharmaindustrie und schlucke alle zur Erprobung stehenden Medikamente, bevor ich eine ernsthafte Karriere in der Finanzbuchhaltung einschlage. Mal schauen, wie ich mich durch das Fach so durchmogeln kann. Durch glückliche Umstände, bin ich an das Lösungsbuch für den Unterrichtsstoff gekommen. Dadurch wird der ganze Krempel auch nicht verständlicher, aber es gibt mir die Chance meine Hausaufgaben korrekt zu erledigen und mich mündlich im Unterricht aktiv zu zeigen, da unser Lehrer eh nur Vorgaben aus dem Buch bearbeitet. Was ich also schriftlich in den Tests versiebe, kann ich entsprechend durch fleißige Mitarbeit im Unterricht, zur Verwunderung des Buchführungslehrers, wieder wettmachen. Manchmal muß man eben Schwein sein, denn frech kommt weiter. Außerdem kratzt es nur sehr wenig an meinem Gewissen, denn ich bescheiße mich eigentlich nur selber und zudem sehe ich das als Ausgleich dafür, daß die Berufsschulleitung unsere Klasse zufällig dazu auserkoren hat, auch am heiligen Samstag zum Unterricht zu erscheinen. Das bedeutet eine längere Arbeitszeit innerhalb der Wochentage im Betrieb und ein durchaus versautes Wochenende. Entspannende Spontanausflüge von Freitagnachmittag bis Sonntagnacht fallen flach. Und direkt am Montagmorgen wird die Woche mit Schule wieder eingeläutet. Der Streß beginnt schon in aller Herrgottsfrühe mit dem ewigen Stau in der Stadt und dem Parkplatzsuchen um das Schulgebäude. Wer nicht früh genug ankommt, ist parkmäßig extrem in den Hintern gekniffen. Jeder der jetzt an öffentliche Verkehrsmittel denkt, hat entweder zuviel Zeit oder irgendwelche Komplexe und darf gleich drei Felder zurück. Obwohl die Schule oder die Ausbildungsstätte jeweils nur gute 15 Kilometer von meinem Zuhause entfernt liegen, wäre eine morgendliche Fahrt mit Bus oder Bahn eine zeitliche Tortur und eine Umstiegsorgie ohne gleichen.

Mit dem Auto ist man wesentlich schneller und nervenschonender unterwegs. Zumindest, solange man halt keine gescheite Abstellmöglichkeit sucht. Für die Lehrer gibt es selbstverständlich eine Tiefgarage, die bis jetzt noch von keinem Schüler dreisterweise in Anspruch genommen wurde. Einmal war ich fast soweit das Wagnis einzugehen, aber die Gefahr von einem Lehrer erwischt zu werden, ist von den Konsequenzen bedeutend gefährlicher, als einen Sack Schul-kreide zu klauen oder bei einem Test zu schummeln. Wer nämlich in der Tiefgarage oder dem Parkdeck als parkender Schüler entlarvt wird, muß zwangsweise damit rechnen für sündhaft teures Geld abgeschleppt zu werden. Gnadenlos!

Auch sonst haben die Lehrkörper einen verhältnismäßig ruhigen Tag: Die Schüler sind alle relativ frei- und lernwillig hier und dementsprechend bis auf minimale Ausnahmen diszipliniert. Der Lehrstoff ist seit Jahren der gleiche und muß nicht aufwendig erklärt oder aktualisiert werden. Die Arbeitszeiten sind absolut human und wer hat schon soviel Ferien bzw. Urlaub. Als Beamter lebt man dazu noch entsprechend krisensicher. Allerdings gelten die meisten Pauker bei vielen von uns als "Zivilversager", die im richtigen Leben bzw. bei richtigen Firmen nicht den Hauch einer Chance hätten und nun hier gestrandet sind. Einigen fehlt auch das pädagogische Feingefühl oder die notwendige Autorität, die allerdings nicht so zwingend ist, wie bei anderen Schulformen. Vielleicht sollte ich später auch Berufsschullehrer werden und könnte somit Rache an unschuldigen Auszubildenden nehmen, die sich wiederum an andere unschuldige Auszubildende rächen können.

Blutjunge Schülerinnen werden natürlich bevorzugt behandelt und brauchen je nach Sympathie und Rocklänge keine schlechten Noten zu fürchten. Wer aufmüpfig wird, bekommt den Rohrstock..., ach nee, den gibt es ja gar nicht mehr,... egal,... wer aufmüpfig wird, bekommt die elektrische Peitsche mit einigen zigtausend Volt Stromstärke zu spüren. Und zur allgemeinen Abschreckung wird der öffentliche Pranger sowie der Schülerkerker eingeführt. Ordnung und Disziplin müssen halt sein.

Da fällt mir ja gerade ein, daß wir ja am Samstag einen Test in Betriebslehre schreiben müssen. Oh weh, dafür sollte ich eigentlich intensiv üben, anstatt mich hier rumzuquälen. Herr Ruge, unser Betriebslehrespezi wird wieder mit Argusaugen durch die Reihen gehen und mit scharfem Blick jede Mogelei aufdecken. Ruge ist einer der strengsten seiner Zunft, jedoch auch einer der Wenigen, die ihr Wissen interessant und kompetent genug vermitteln können. Mehr von seiner Sorte und die Schulen wären durchaus attraktiver und annehmbarer. Das bedeutet jedoch nicht, daß ich sein Musterschüler bin oder das er bei allen anderen gleich gut ankommt. Für ein gutes Abschneiden beim Test muß ich noch einige Regeln, Bestimmungen und Gesetze lernen. Zur Not kann man sich auch einen wunderbaren Pfuschzettel basteln. Dafür benötigt man allerdings einen guten Fotokopierer, mit dem man sich einige Seiten oder Abschnitte aus entsprechenden Büchern oder Heften auf minimale Größe herunterzieht. Den Pfuschzettel versteckt man dann irgendwo in seinen Kleidern oder Schreibutensilien und holt ihn nach belieben hervor. Auch wenn man ihn nicht einsetzt, gibt er teilweise ein beruhigendes Gefühl.

Ach, ja und die doofen Hausaufgaben für Mathe muß ich ja auch noch mal irgendwann machen. Statt dessen erlaube ich mir den Luxus hier auf dem Boden zu sitzen und die Ablage Ablage sein zu lassen, während im Prinzip kostbare Zeit davonläuft.
Was sagt denn mein Zeiteisen? 11:17 Uhr. Ich glaub´s nicht.
Auf dem Boden sitzt es sich sehr angenehm aber irgendwie muß ich langsam voran machen. Ich gehe wieder zurück zum Schreibtisch und Versuche wenigstens ein paar Rechnungen in die Ordner zu packen. Der sortierte Stapel ist noch recht klein, aber wenigstens sind die Seiten dann vom Tisch. So jetzt wieder zurück zu den Regalen und den betreffenden Leitz herausgezogen. Ein Ordner faßt 200 dieser Blätter. Allerdings muß die richtige Reihenfolge selbstredend eingehalten werden. Auf dem Ordnerrücken hat Herr Wagenbach mit einem dicken schwarzen Stift alle wichtigen Daten aufgetragen, so daß ich nur noch das betreffende Teil in dem Regal suchen und herausziehen muß. Die Rechnungsnummern sind nach folgendem Kriterium aufgebaut. Die ersten beiden Ziffern stehen für die Jahreszahl, dann für den Monat und die letzten vier Ziffern sind fortlaufend und fangen in jedem Monat wieder mit Null an. In der Hand halte ich gut 40 Blätter aus dem diesjährigen August von der Nummer 1191 bis 1233. Der Rechnungen werden sich dann logischer-

weise auf zwei verschiedene Ordner aufteilen. Ja, da haben wir auch schon das vermißte Exemplar samt Nachbarn. Schnell den Bügel aufgemacht und rein damit. Verflixt noch mal, der blöde Bügel klemmt. Das gibt´s doch gar nicht. Ich krieg ihn nicht auf. Vielleicht habe ich mehr Gewalt über das Miststück, wenn ich es auf den Tisch lege. So, nun alle Kraft zusammen und ziiiiieeeeeheeeeen!!!! Mist..., wie angewachsen. Hat da einer Kontaktklebstoff verschmiert? Vielleicht jetzt noch einmal. Hhhhhhhhrrrrhhhhhmmmmrrrrr!!! Meine Finger werden schon ganz rot und geschwollen. Also, wenn das mal nicht mit ´ner versteckten Kamera aufgenommen wird. Es ist heute wie verhext. Und noch mal ziiiiiiieeeeeheeeeeen. Na, endlich löst sich der Übeltäter. So, rein mit den Seiten, ...197...198... 199...200...und zu damit. Der Zweite läßt sich jedenfalls butterweich lösen, wie es sich gehört. Zumm, zumm, zumm..... und fertig. Zumindest vorläufig. Den Klemmenden kann ich schon mal ins Regal zurückstellen. Wo war denn da oben noch gleich die Lücke? Ah, dahin! Hoppla...SCHEISSE!!!! Das mußte ja passieren. Der Ordner fällt zu Boden, der widerspenstige Bügel springt im unpassendsten Augenblick auf und die ganzen Blätter liegen verstreut auf dem Boden. Klasse! Schon heute morgen beim Aufstehen hatte ich das Gefühl, daß man mir einen gebrauchten Tag angedreht hat. Ich sollte am besten zurück zur Basis gehen und mich krank schreiben lassen. Egal was ich heute auch tue, es geht mir gegen den Strich oder kaputt. Wenn das bis zum Feierabend so weiter geht, bin ich erledigt oder gekündigt.

Na, zum Glück hat das Malheur niemand gesehen und sonderlich schlimm ist es nun auch nicht. Trotzdem kann ich jetzt den ganzen Murks aufheben und wahrscheinlich neu sortieren. Tja, wenn wenigstens das Radio noch funktionieren würde. Diese Ruhe wird langsam unerträglich und das Ticken der Uhr wird immer nerviger. Wie spät haben wir es? 11:19 Uhr. Die blöden Blätter sind fast durch den ganzen Raum verteilt. Da ist eins und das hier noch. Und da noch welche. Sogar hier in der Ecke ist noch eins zu finden. Das dürften alle sein. Oh, Gott. Jetzt auch noch alle numerisch sortieren. Ich komm mit meiner eigentlichen Arbeit überhaupt nicht voran. Hab´ ich auch wirklich keine Seite übersehen?

Da hinten an der Tür liegt noch was. Ich habe mich schon immer gefragt, was sich wohl hinter dieser Tür verbirgt. Sie befindet sich direkt rechts wenn man rein kommt von der Eingangstür diesen Raumes und ist immer abgeschlossen und führte anscheinend zu einem weiteren Zimmer. Früher muß das mal eine Wohnung gewesen sein. Vielleicht ist ja ein älteres Archiv oder so was ähnliches da untergebracht. Oder ein altes Bad oder die Küche? Durch das Schlüsselloch kann man leider nichts erkennen. Der Raum scheint vollkommen dunkel zu sein, obwohl an der Westseite ein Fenster angebracht sein müßte, wie ich es von außen mal gesehen habe. Aber war da nicht immer ein Rollo davor oder nicht? Irgend etwas scheint durch die Dunkelheit leicht zu flackern. Es schimmert ganz leicht in einem blauvioletten Farbton, aber das Schlüsselloch ist zu klein um mehr zu erkennen.

Was um alles in der Welt könnte das sein? Wenn ich mein Ohr ganz dicht an das Holz halte, höre ich ein tiefes brummeliges atmen oder schnarchen. Bis zu diesem Zeitpunkt ist es mir noch nie aufgefallen, denn meinen Aufenthalt zwischen diesen Wänden habe ich immer mit Musik versüßt. Aber was ich jetzt vernehme klingt sehr ungewöhnlich. Zudem stelle ich an meinem Ohr fest, daß das weiß getünchte Holz dieser Tür außerordentlich warm, ja sogar fast heiß ist. Die Sache wird zugegebenermaßen etwas unheimlich.

Die zentrale Heizung müßte eigentlich wie bei jedem Haus im Keller installiert sein. Und ich kann mir nicht vorstellen, daß die Hitze sich soweit entwickeln kann, daß selbst das Holz an der Tür ungewöhnlich erhitzt ist. In dem Raum dort müssen locker 80 bis 100° Celsius herrschen, so wie ich es von der Sauna her kenne, wenn man von außen über die Bretter streicht. Seltsamerweise sind die Klinke und das Schloß eiskalt. Habe ich bei einer Physikstunde mal nicht aufgepaßt oder wieso kann ich mir das alles hier nicht erklären? Durch das Schlüsselloch kann ich immer noch nichts bedeutendes entdecken bis auf die Tatsache, daß dieses kleine Licht zwischen violett, blau und rot seine Farbe wechselt und ganz langsam zu wandern scheint. Feuer? Nein, Feuer kann es irgendwie nicht sein. Zu den komischen Schnarchlauten höre ich noch ein dumpfes Klopfen.

Vom Hall her könnte man meinen, daß sich hinter diesem kleinen Portal ein riesiger Ballsaal befindet. Irgend etwas stimmt da nicht. Hat vielleicht Frau Bassler oben ihr Radio laut laufen? Ich öffne die Tür zum Treppenhaus und rieche verstärkt den Duft von Kohlrouladen. Angestrengt lausche ich, wie Frau Bassler im Besteckkasten klappert, aber ein lautes Radio, Fernseher oder HiFi-Anlage ist nicht zu registrieren. Also Türe wieder zu und zur anderen wieder hin. Was spielt sich dahinter ab? Ich erinnere mich schemenhaft, wie ich Herrn Wagenbach ganz am Anfang mal nach diesem Eingang gefragt habe und er mich mit ernsthaftem Gesichtsausdruck aufmerksam machte, daß ich nicht alles wissen muß. Und ich erinnere mich an Herrn Stojek aus der Buchhaltung, der hin und wieder auch die Ehre hatte, die Ablage zu verrichten. Er meinte mal irgendwann beiläufig, das da irgendwas nicht stimmen würde. Näher wollte er nicht darauf eingehen und irgendwie war es mir damals nicht so wichtig, weil meines Erachtens in der Firma vieles nicht stimmte. Aber das hier ist wirklich eigenartig. Ob wohl einer der Schlüssel am Schlüsselbund ins Schloß passen würde? Der hier ist für die Haustür, der hier ist für die Wohnungs- bzw. Eingangstür in diesem Ablageraum und der Kleine hier ist für den leeren Stahlschrank an der linken Wand neben dem Schreibtisch. Bleibt nur noch dieser alte Schwarze mit der beachtenswerten filigranen Verzierung, der anhand des Bartes für eine Zimmertür gedacht scheint. Bis zu dieser Sekunde habe ich ihn nie richtig wahrgenommen. Doch das könnte er wohl sein, obwohl er für die Nüchternheit dieser Räumlichkeiten viel zu kunstvoll ist. Soll ich die Türe wirklich aufmachen oder soll ich´s lieber lassen? Ich muß aber wissen was es mit dem Raum auf sich hat. Der Schlüssel paßt wie angegossen. Eigentlich ein gutes Zeichen. Gleich werde ich mehr wissen. Aber innerlich habe ich ein ungutes Gefühl. Es wäre bestimmt besser, wenn ich meine Nase nicht in alles reinstecken würde. Alles wissen zu wollen ist angeblich so töricht, wie alles essen zu wollen. Doch dieses Rätsel verlangt eine Aufklärung. Vielleicht gibt es ja eine ganz natürliche Erklärung dafür.

Dennoch gehe ich zum Schreibtisch zurück und setze mich auf den Stuhl um mir die Situation noch einmal zu veranschaulichen.

Mein Instinkt warnt mich, jedoch verlangt meine Neugier eine gewisse Befriedigung. Wenn ich Pech habe, quillt mir irgendein Papierstapel entgegen, der von der anderen Seite gegen die Tür gestemmt ist oder ich mache versehentlich etwas kaputt und Herr Wagenbach merkt, daß ich mich um Dinge kümmere, die mich nichts angehen. Aber wenn ich die Türe jetzt nicht öffne, werde ich mich noch in gut 40 Jahren fragen, was es mit den Geräuschen sowie dem flackernden Licht und den eigenartigen Temperaturunterschieden auf sich hatte.

Ich gehe wieder zur Tür und umfasse mit meinen Fingern den Schlüssel um ihn langsam umzudrehen und der Versuchung nachzugeben. Doch nach einer minimalen Drehung, die erneut bestätigt, daß der richtige Schlüssel für das Schloß gefunden wurde, fängt das Türblatt leicht zu zittern an. Voller Erstaunen bewege ich den Schlüssel wieder in die Ausgangsposition zurück, wobei auch das Türblatt sich wieder beruhigt. Nein, hier stimmt was nicht. Oder steht das Schloß unter Spannung, so daß die gesamte Tür in leichte Schwingungen gerät? Das wäre möglich! Also, die Prozedur noch mal. Doch wieder gerät das Türblatt ins Zittern, je mehr ich drehe um so heftiger wird es. Nach etwas mehr als einer viertel Drehung bebt das Holz geradezu. Ein eiskalter Schauer, als wenn mir jemand Gletscherwasser über den Rücken kippt, nimmt mir vor Schreck fast die Sinne und meine Haare scheinen mir regelmäßig zu Berge zu stehen. Ich spüre den rasenden Herzschlag wie nach einem 1000m Spurt bis zu meinem verschnürten Hals. Blitzartig nehme ich meine Hand vom Schlüssel und gehe Rückwärts in den hintersten Winkel des Zimmers. Meine Wangen glühen vor Aufregung und mir wird langsam bewußt, wie nah ich vor dem absoluten wahnsinnig werden bin. Ich spürte eine ungeheure Energie hinter dieser Tür. Es war zwar nichts zu sehen oder zu hören, aber da war irgend etwas was eigentlich nicht sein dürfte. Ein Mensch, ein Tier, ein Dämon oder irgendeine Macht und jetzt will ich eigentlich gar nicht mehr wissen was hinter dieser Pforte verborgen ist, obwohl ich jetzt mehr unbeantwortete Fragen habe als vorher.

Was wäre wohl passiert, wenn ich die Tür aufgemacht hätte oder wenn irgendetwas herausgekommen wäre? Bei diesem

Gedanken wird mir ganz anders. Warum mußte ich denn unbedingt so neugierig sein?

Diese Tür berühre ich nie wieder. Ich sollte eigentlich so schnell wie möglich diesen Ort verlassen und nie wieder hierher kommen. Ich starre wie ein aufgeschrecktes Reh vor zwei Scheinwerfern gebannt auf den Schlüssel, der noch tief im Schloß steckt und kann mich nicht bewegen. Tief sitzt der Schock in meinen Knochen und Gliedern. Meine Nerven liegen blank. Wenn sich jetzt die verdammte Tür öffnet oder sich der Schlüssel bewegt oder sonst was dort geschieht, sterbe ich vor Angst. Ich bin kein verweichlichter wimpyhafter Typ und ich kann mir im Fernsehen oder im Kino die heftigsten Horror- und Splatterfilme anschauen, die man ertragen kann, aber das hier ist die Realität. Ich nehme keine Drogen und mit meinem Kaba heute morgen war eigentlich auch alles okay - und meines wissens bin ich psychisch nicht labil, aber gleich bin ich kurz davor durchzudrehen, wenn sich da drüben auch nur der kleinste Krümel bewegt. Wenn ich das den Kollegen erzähle, wird mir sicherlich keiner glauben und ich mache mich zum ewigen Gespött der Firma bis zum jüngsten Tag. Der Geist von Ernst Stamm ist ihm begegnet, wird man noch über Generationen von Auszubildenden tratschen. Reden ist Silber, schweigen ist Gold. Wie wahr mir nun die Bedeutung dieses Sprichwortes wird. Nur Herr Wagenbach und Herr Stojek wissen mehr. Soll ich die beiden informieren? Dann müßte ich aber auch zugeben, daß ich einen abgeschlossenen und nicht für mich befugten Raum betreten wollte. Besser ich halte die Klappe, bevor ich mir ins eigene Fleisch schneide. Man erklärt mich dann nicht nur für absolut durchgeknallt, sondern auch noch für neugierig und indiskret. Als nächstes würde man mir noch Werksspionage oder Diebstahl anhängen. Ich bin schon einmal mit in Verdacht geraten, als Frau Prenzstall, eine etwas unterbelichtete mittelalte Bürokraft aus der Stahlblechabteilung, ihr Portemonnaie vermißt hat. Für Herrn Hess war ich der Schuldige, ohne daß er es direkt ausgesprochen hat. Aber seine Anspielungen und seine laienhafte Detektivspielerei mit peinlichen verhörmäßigen Methoden ließen fast nur mich als Täter in Frage kommen. Zum Glück wurde das Portemonnaie

wieder relativ schnell in eine von Frau Prenzstalls Einkaufs-
tüten gefunden, so das ich wieder rehabilitiert war. Allerdings hat
sich Herr Hess mit keinem Wort bei mir entschuldigt oder sonst
was zur Ehrenrettung meines Rufes beigetragen.
Noch nie habe ich in fremden Schubladen rumgestöbert, in
falschen Taschen rumgewühlt oder Gespräche belauscht, nur
um meinen Wissensdurst zu stillen, aber als Lehrling ist man
schnell in der Rolle des armen und bedürftigen Spions, Klepto-
oder Pyromanen, der sich entweder bereichern oder rächen will.

Im Geiste versuche ich mir vorsichtig vorzustellen, wer oder was
das Zittern der Tür zu verantworten hat. Ich erinnere mich
ungern an die frühen Kindheitstage, an denen man fast jede
Nacht vor dem Einschlafen an das riesige, zottelige Monster mit
den messerscharfen Zähnen gedacht hat, welches unter dem
Bett lag und nur darauf gewartet hat, daß man seine Beine oder
Füße bloßlegte, damit es aus seinem Versteck kriecht und einen
zerfleischt oder in seine tiefen unergründlichen Katakomben
entführt.
Auch alte unheimliche Kellergewölbe waren nicht gerade ein
Hort der Glückseligkeit. Hinter jeder unübersichtlichen dunklen
Ecke, konnte sich ein Monster, der oft zitierte schwarze Mann
oder ein Höllenschlund verbergen. Urängste, die wohl fast jedes
Kleinkind durchmacht und die im Laufe des Lebens durch die
Sesamstraße oder etwaige andere Probleme oder Ängste im
Laufe des Älterwerdens verdrängt werden. Nur Alpträume
bewahren noch den Schatz der Urängste und lassen in so
manch einer Nacht das Blut in den Adern gefrieren, wenn man
panisch und verschreckt aufwacht und man feststellt, daß man
ja doch in der guten gerechten und überaus friedlichen Realität
lebt.

Seit meiner Ausbildung allerdings beginnt mein schlimmster
Alptraum nach dem Aufwachen und jetzt hier in diesem
Augenblick empfinde ich die Realität etwas beklemmend. Das
bewährte Zwicken und Zwacken bescheinigt mir nur, daß ich leider nicht träume. Ich habe des öfteren im Schlaf nicht gemerkt,
daß ich mich in einem Traum befunden habe. Vor allem, wenn
man so real in Farbe mit riechen, schmecken und tasten träumt,

wie ich es für gewöhnlich tue. Der umgedrehte Weg, also daß ich das wirkliche Leben für ein Produkt meiner Phantasie gehalten habe, ist bis zum heutigen Tage noch nicht vorgekommen. Jedoch mache ich mir ernsthaft Sorgen, daß meine geliebte Phantasie mit mir nicht durchgeht. Allmählich muß wieder Ruhe und Logik in meine Gedankenwelt einkehren. Ich versuche mich zu beruhigen, indem ich die Sache von vorhin rational analysiere. Aber mein Kopf ist leer. Zu leer um einen klaren Gedanken zu finden und zu voll um die nötige Ruhe zu suchen.

Die ganze Zeit fixiere ich dabei den seltsamen Schlüssel im Schloß, der sich Gott- oder sonstwasseidank nicht bewegt hat. Wieder komme ich auf die These, daß man sich einen kleinen üblen Scherz mit mir erlaubt hat, aber dies scheint mir doch etwas zu abwegig. Warum sollte man sich diese Mühe mit mir machen, wo doch sonst jeder in der Firma besseres zu tun hat. Um einen Auszubildenden fertig zu machen, gibt es subtilere Mittel. Das fängt schon mit den kleinen klassischen Sticheleien an, wo Lehrlinge Gewichte für die Wasserwaage oder ein Augenmaß besorgen sollen. Mit diesen ollen Kamellen aus Opas Zeiten kann man heute so schnell keinen mehr in die Wüste schicken. Bis auf Herrn Hess´s Privatunterricht in Sachen Materialkunde und seiner oberlehrerhaften Art, gibt es eigentlich keine nennenswerten Schikanen oder Quälereien bei Ernst Stamm. In anderen Betrieben kann es für die Auszubeutenden ganz anders aussehen. Ein guter Freund von mir, der seine Kaufmannslehre bei einer Firma für Bürobedarf absolviert, sollte einmal als Bürostuhl verkleidet Werbung auf der Straße machen. Als ich das gehört habe, konnte ich es zuerst nicht glauben, aber sein Chef meinte es absolut ernst. Der Freund hatte sich natürlich geweigert den Hanswurst zu spielen und wurde entsprechend von seinem Boss und anderen Vorgesetzten auf dummdreiste Weise schikaniert. Ich habe auch schon von anderen Fällen gehört, wo Auszubildende irgendwelche Tätigkeiten erledigen mußten, die mit ihren beruflichen Zielen nicht im geringsten konform gingen. Wenn angehende Kaufleute die Wohnung ihres Chefs tapezieren müssen, kann wohl etwas nicht stimmen. Bei Ernst Stamm st man vor solchen Übergriffen recht sicher. Man erlernt hier wirklich nur das, was man für seine berufliche Zukunft auch tatsächlich braucht. Na ja, selbst die dämliche Ablage bringt im Prinzip etwas nützliches. Zudem wird man mit allerhand kostspieligen Seminaren auf die Abschlußprüfung gründlich vorbereitet. Herr Friedel und Herr Hess führen die Auszubildenden zu einer richtigen Elite-Einheit heran und man fühlt sich als Lehrling keineswegs ausgebeutet oder mies behandelt. Warum sollte man also einen solchen Schabernack mit mir treiben?

Im hintersten Winkel meiner Gehirnwindungen keimt die Idee auf noch einmal an die Tür zu gehen und den Schlüssel ein zweites mal energisch mit aller Konsequenz umzudrehen um somit Einlaß in das Geheimnis jenen Raumes zu erlangen. Ich muß mir absolute Klarheit verschaffen. Diese rationell klingende Idee ist plötzlich wieder da. Mein Instinkt sagt jedoch klar und deutlich: Finger weg!!!

Schleichende Angst macht sich von neuem bei mir breit, obwohl ich es selbst in der Hand habe, was als nächstes geschieht. Viele kleine Gedanken ziehen mit einem mal munter durch meinen Kopf und versuchen stärkere Beachtung zu erlangen. Soll ich mit Gewalt die Tür eintreten und mich dem Geheimnis stellen? Soll ich hinausgehen und mich wieder in die Abrechnung setzen und so tun als wenn nichts gewesen wär? Soll ich nach Hause fahren und mich bis zum Ende meines Lebens krank schreiben lassen? Soll ich in der Mittagspause ein Zigeuner- oder ein Jägerschnitzel probieren? Soll ich nach Feierabend noch jemanden besuchen? Soll ich mal einer der Sekretärinnen provokant in den Po kneifen? Soll ich heute abend den Film bei SAT 1 oder die Dokumentation bei Arte anschauen? Soll ich mit jemanden über diesen Spuk hier reden oder schweigen? Soll ich morgen mal den neuen dunkelblauen Pullover anziehen? Soll ich ein toter Held oder ein lebendiger Feigling sein?

Die Gedankenflut überschwemmt meine Auffassungsgabe. Auf alle Fälle muß ich den Schlüssel wieder abziehen. Wenn ich zur Frau van Houten komme und den Schlüsselbund nicht wieder vorlege, werde ich einen Horror der ganz besonderen Art erleben. Was ist da wohl das kleinere Übel?

Tapfer, aber mit einem durchaus mulmigen Gefühl in der Magengegend bewege ich mich der Tür entgegen. Es muß alles sehr schnell gehen. Mit einem hastigen Ruck greife ich nach dem steckenden Schlüssel und versuche mit aller Kraft diesen aus dem Schloß zu ziehen. Erleichtert stelle ich fest, wie einfach er doch zu fassen ist und nehme ihn wieder fest an mich. Ratzfatz gehe ich rückwärts zum Schreibtisch zurück und erfreue mich der entspannten Lage. Voller Verzückung schaue ich mir diesen kleinen fast unheilbringenden Metallstift genauer an. Er scheint anhand der Patina recht alt aber dennoch relativ unbenutzt zu sein. Die filigrane Arabesque-Verzierung deutet auf Jugendstil hin. Okkulte Symbole, Runen oder magische Zahlen álá 666 sind hier drauf nicht zu entdecken. Es hätte mich jedenfalls nicht überrascht. Von außen macht der Schlüssel genau wie die Tür einen harmlosen Eindruck. Die Stille und der Sauerstoffmangel in diesem Raum haben meine Phantasie anscheinend beflügelt. Sicherlich bin ich etwas überreizt und der Hunger sowie der Durst haben ihr übriges dazu beigetragen. Die ganze Sache sieht jetzt schon wieder viel klarer aus. Man, was habe ich mich erschreckt. Draußen scheint immer noch die Sonne und das Leben kann einen ganz schön überraschen. Der Schock verfliegt langsam aber sicher und warum sollte ich nun nicht doch diese dämliche Tür öffnen. Ich will es wissen!!!

Wie bei einem vertrauten Ritual streichle ich den Schlüssel, um ihn wahrscheinlich unterbewußt zu besänftigen und zu meinem Komplizen zu erklären. Diesmal gehe ich energischer vor. Gekonnt ramme ich den Bart ins Schloß und drehe kräftig nach rechts. Wieder beginnt die Tür zu zittern. Okay, das hatten wir ja schon. Der Schlüssel ist jetzt eine halbe Umdrehung bewegt worden und das zittern wird intensiver. An meinen Fingerkuppen spüre ich, daß sich der Riegel langsam bewegt. Das Zittern ist durchaus angsteinflößend, aber ein konsequenter Drang des Erforschens läßt es mich seltsamerweise ignorieren.
Mit einem lautem Knall klopft etwas heftig gegen die Tür. Bevor ich es ernsthaft registriere klopft es wieder. Mein Herz zieht sich zusammen wie eine ausgesaugte Sunkistpackung. Dieser Schock sitzt tiefer. Und noch einmal klopft es brutal an der Tür, so daß diese fast aus den Angeln gehoben wird. Dahinter scheint mir irgend etwas mit aller Macht zu signalisieren, daß ich nicht gerade willkommen bin. Jetzt weiß ich, wie es sich

anfühlt, wenn man davon spricht, daß einem das Blut in den Adern gefriert.

Mein Magen fühlt sich an, als hätte mir jemand dort mit Anlauf reingeboxt. Panisch drehe ich den Schlüssel wieder in die Ausgangsstellung und reiße ihn aus dem Schloß. Reflexartig springe ich zur anderen Tür um diese schleunigst an der Klinke zu öffnen um ins Treppenhaus zu gelangen. Der intensive Geruch von Frau Basslers Kohlrouladen scheint mich zu beruhigen und in Sicherheit zu wiegen, dennoch öffne ich auch die Haustür um etwas frische Luft zu erhaschen. Ich glaub, der Leibhaftige hat hinter der Tür gestanden und mit seinem Huf gegen das Holz gepoltert. Ich male mir aus, wie er heraus- oder herein oder was auch immer gekommen wäre, um mich zu packen und in sein Fegefeuer zu ziehen.

Mit rotglühenden Augen hätte er mich angestarrt und mir seine zottelige Fratze gezeigt. Seine messerscharfen Zähne hätten sich tief bis zu den Knochen in mein junges Fleisch gebohrt. Aus seinem fauligen Schlund wäre ein dunkles markiges Lachen entronnen und mit seiner supertiefen Baßstimme hätte er meinen Namen gerufen um mir dann den Brustkorb zu knacken, damit er besser meine Seele aus dem Körper entnehmen kann. Dann, und wirklich erst dann hätte er mir gezeigt was sich hinter der Tür verbirgt...

Ich will es nicht wissen. Am liebsten würde ich die Zeit ein paar Minuten zurück drehen und diesen Vorgang niemals erlebt haben. Warum mußte ich mich auch mit dieser vermaledeiten Tür auseinander setzen? Das Zittern war eine Warnung gewesen, die ich törichterweise ignoriert habe. Fast hätte ich mir einen lupenreinen Herzkasper zugezogen.

Ich bibbere am ganzen Körper und fühle mich mehr als nur geschockt. Wie benommen stehe ich im Haustürrahmen und japse nach Sauerstoff. Der Ausstoß an Adrenalin muß gigantisch gewesen sein.

Wie dick mag wohl das Türblatt gewesen sein? Wiewenige Millimeter war ich vom Grauen getrennt? Ich habe es fast fühlen können, diese Kraft, diesen Zorn. Was immer es war, es war sehr wütend. Und wenn es mich zu Tode ängstigen wollte, so hat es das fast geschafft. Auch wenn ich jetzt noch lebe, so bin ich mir sicher, daß mich dieser Schock mehrere Jahre meiner Lebensuhr gekostet hat.

Ich hatte mal während der Schulzeit ein Praktikum bei einer Werbeagentur gemacht. An ruhigen Tagen hatte man sich hin und wieder mal den Spaß erlaubt sich von hinten an junge Kollegen, die konzentriert oder geistesabwesend am Schreibtisch saßen, leise heranzuschleichen und diese dann mit flüstern ins Ohr gehörig zu erschrecken. Für die fiesere Variante benutzte man eine schrille Kindertröte. Es gab jedoch verständlicherweise nur recht Wenige, die diesen Schabernack mitmachten. Ich fand es damals äußerst aufregend mit geschicktem Heranpirschen quasi auf die Jagd zu gehen.

Einmal habe ich einem konzentriert arbeitenden Grafiker, nach dem ich mich an ihn herangeschlichen habe, etwas ins Ohr geflüstert. Dabei wurde er so überrascht, daß dieser wie mit der Nadel gestochen von seinem Stuhl hochsprang und mit Tränen in den Augen auf mich einschlug und übelste Beschimpfungen von sich gab.

Aufgrund der mangelnden Belastung wurde er daraufhin zukünftig von weiteren Attacken verschont. Für Leute mit schwachem Herzen sind diese Spielchen nicht gerade gesundheitsfördernd und man will ja auch nicht gleich jemanden damit ins Jenseits befördern. Es macht sich im Praktikumsbericht nicht so gut, wenn darin vermerkt ist, daß man seine lieben Arbeitsgenossen zu Tode geflüstert hat.

Noch doller war es, wenn man selbst von einem Mitarbeiter erschreckt werden sollte, dieser sich aber so ungeschickt laut heranarbeitete, daß man Sekunden vorher gewarnt war und dann zur Verblüffung des Kollegen, den absolut Coolen spielte. Aber bei aller Wachsamkeit war man hin und wieder dann doch das gepeinigte Opfer eines Scherzkeks. So ein Schock kann dann eine teilweise recht belebende Wirkung erzielen. Wie beim Schmerz kommen die erleichterten Gefühle dann, wenn der Puls sich wieder
langsam beruhigt hat. Falls man nicht gerade daran stirbt, fühlt man sich hinterher wie neugeboren.

Allerdings möchte ich diese Sitten bei der Ernst Stamm GmbH

nicht einführen. Jedenfalls nicht bevor ich meine Ausbildung abgeschlossen habe.

Laut meiner Armbanduhr ist es genau halb zwölf. Der warme Duft von Kohlrouladen der mir immer intensiver in die Nase steigt, hat nicht nur etwas beruhigendes sondern auch etwas sehr appetitliches. Das Wasser läuft mir aus allen Richtungen im Munde zusammen, dennoch könnte ich keinen Bissen herunter kriegen, denn Hunger verspüre ich nach diesem kleinen Abenteuer absolut nicht. Allerdings habe ich einen höllischen Durst. Einen kleinen Schnaps könnte ich jetzt gut vertragen. Wenn ich jetzt nach oben zu Frau Bassler gehe und nach etwas Hochprozentigem frage, gibt es sicherlich ein großes Hallo! Am allerersten Tag, an dem ich in der Abrechnungsabteilung meinen Ausbildungszeit begonnen habe, bekam ich zur Feier des Tages einen Begrüßungstrunk von dem geheimdeponierten Wacholderschnaps der hiesigen Kollegen. Doch wie das Schicksal so will, mußte ich kurz danach zusammen mit Jörg zu Herrn Wohlgerber, um dort die offizielle Empfangszeremonie durch den Geschäftsführer zu erdulden. Die Abrechnungsabteilung war in heller Aufregung, denn schließlich könnte man aus meinem Atem schließen, das dort oben kräftig gebechert wurde und die jungen Azubis zum Trinken verführt werden. Ob Herr Wohlgerber etwas mitbekommen und irgendein Resümee gezogen hat ist mir nicht bekannt. Jedoch war es dem guten Herrn Zogow sehr peinlich und somit wurde der Ausschank von Schnaps und anderen Spirituosen unterbunden. Hin und wieder durfte man natürlich bei irgendwelchen Feierlichkeiten Sekt oder Bier trinken, aber die harten Sachen wurden einem nicht mehr angeboten.

Anders läuft es da in der Stahlblechabteilung. Dort genießt man jeden Freitagmittag das Leben in vollen Zügen. An diesem wunderbaren Wochentag, an dem man nur bis 14.00 Uhr arbeiten muß, gehen die Mitarbeiter entweder Essen, lassen sich etwas bringen oder gestalten ein kleines Büffet mit diversen Leckereien. Wenn ich etwas in meiner Ausbildung gelernt habe, dann ist es der unverwechselbar gute Geschmack von zwei Jahre altem Gouda, der zwar extrem bröckelt, aber dafür umso mehr den Gaumen mit seiner aromatischen Würze liebkost.

Auch die Kombination von Datteln und Frischkäse hat mich total fasziniert. Umso weniger hat mir dafür meine erste Erfahrung mit italienischem Grappa gefallen. Angesicht der Tatsache, das die Feinschmecker hier garantiert keinen billigen Fusel saufen würden, schmeckte der als qualitativ hochwertig eingestufte Grappa für mich wie eine Mischung aus Terpentin und Essig. Vielleicht bin ich für solche erlesenen Kostbarkeiten noch nicht reif genug oder geschmacksverwirrt. Zudem habe ich mir sagen lassen, daß es durchaus sehr unterschiedliche Arten von Grappa gibt. Jedenfalls existiert dort für Lehrlinge keine Prohibition, solange man nicht gerade besoffen auf dem Tisch tanzt.

Frau Bassler würde es wohl mehr als seltsam vorkommen, wenn ich nach einem Schnaps oder Cognac fragen würde. Noch mehr staunen würde sie, wenn ich ihr detailiert denn Grund erklären würde. Ob die Basslers wohl wissen, was sich in ihrem Haus abspiel? Ich finde es sowieso schon äußerst pervers in einem Haus zu wohnen, welches auf dem Grund-stück des eigenen Arbeitgebers steht. Wie will der arme Mann jemals von der Arbeit und der Firma abschalten? Soweit ich informiert bin, fährt Herr Bassler so gut wie nie in den Urlaub. Zwar nimmt er sich ab und zu ein paar Tage frei, jedoch ist er immer in seinem Haus oder in der näheren Umgebung. Falls irgend etwas im Versand oder im Rohrlager geklärt werden muß, wird er informiert und darf entsprechend vor Ort erscheinen. Selbst wenn er krank ist gönnt man ihm keine Ruhe. Blaumachen kann er dementsprechend auch nicht. Sobald er den Fuß vor die Tür setzt würde er auffliegen. Für mich ist er das bedauernswerteste Geschöpf in dieser Firma. Er ist weit über 50 Jahre alt und riecht permanent nach Zwiebeln. Mit seinem langen dünnen rotblonden Haaren sowie den glupschigen Augen und der starken Brille wirkt er wie ein verrückter Wissenschaftler. Dabei ist er nur für die Geschicke im Lager zuständig und hat ein wenig Mitspracherecht im Versand. Eigentlich wollte er Handlungsbevollmächtigter im Versand werden, aber Herr Wohlgerber und Herr Karlstadt waren damit nicht ganz einverstanden. Ihnen ist Herr Bassler wohl zu senil und chaotisch. Für den vakanten Posten stellte man jedenfalls Herrn Hügs ein, der Ungefähr zur gleichen Zeit angefangen hat wie ich. Allerdings hat er durchaus mehr Berufserfahrung als meine Wenigkeit und scheint trotz seiner gut 45-50 Jahre relativ umgänglich zu sein. Das ist bei älteren Kollegen immer so eine Sache, aber dadurch, daß Herr Hügs noch nicht so lange im Team ist, versucht er auch nicht so stark den Chef herauszukehren. Nur mit Herrn Bassler kommt er hin und wieder ins Gehege. Typisches Kompetenzgerangel eben. Da fliegen schon mal die Fetzen, werden Türen zugeschlagen oder insgeheim Flüche ausgesprochen. Natürlich verträgt man sich danach wieder, damit es beim nächsten mal umso deftiger zugeht. Dann verzieht sich Herr Bassler in das Röhrenlager oder in seine Wohnung. Das wäre aber auch der einzige Vorteil den er von seinem Domizil, neben dem späten Aufstehen und dem durchaus kurzen Arbeitsweg einmal abgesehen, tatsächlich hat. Ansonsten finde ich es äußerst deprimierend auf einem Firmengelände zu wohnen. Auf dem Grundstück des eigenen Betriebes wäre es unter günstigen Umständen noch einigermaßen zu ertragen, aber als einfacher Angestellter fühlt man sich doch fast wie im Arbeitslager. Selbst wenn man mir zwischen oder auf den Hallen eine schicke 250qm Komfort-Penthouse-Wohnung kostenfrei zur Verfügung stellen würde, müßte ich zu meinem Seelenheil dankend ablehnen. Sicher sind Arbeitsplatzmangel und Wohnungsnot ein diskussionsreiches Thema und wenn man hungernd und frierend einige Winter auf der Straße gelebt bzw. überlebt hat, steht man solchen Ansichten ganz anders gegenüber. Aber wenn man schon einen Arbeitsplatz hat, so sollte man nicht auch noch das Private mit dem Beruflichen verknüpfen und sich eine Bleibe suchen, auf der man arbeitgebermäßig nicht gerade auf dem Präsentierteller liegt bzw. wohnt. Für Frau Bassler ergeben sich daraus die wenigsten Kompromisse. Auch sie hat ihren fast schon bedauernswerten Mann stets unter Kontrolle und freut sich wahrscheinlich ein zweites Loch in ihrem Hintern über die geringen Mietkosten. Der Hypermarkt ist ganz in der Nähe und mit der Ernst Stamm GmbH hat sie nicht sonderlich viel am Hut. Dafür dürfen sich die Beiden das Haus nicht nur mit diversen Archivgängern, sondern auch mit Monstern, Dämonen, Geistern oder Außerirdischen teilen. Ob die Basslers überhaupt wissen, daß es in ihrem Häuschen nicht mit rechten Dingen zugeht? Bis dato war Herr Bassler eines der mitleiderregendsten Geschöpfe innerhalb der Firmenmauern. Nun ist er für mich eines der mitleiderregendsten Geschöpfe unter Gottes Sonne. Der arme Mann.

Der Treppenhausflur wirkt alt und morsch. Die Stufen, die rechte Hand nach oben führen, sind anscheinend vor etlichen Jahren in einem dunkelrostbraunen Ton gestrichen worden. In der Mitte sieht man die abgelaufenen Stellen. Dort ist die Farbe bis auf das krummgelaufene Holz fast durchgescheuert. Auch das in weiß abgesetzte Treppengeländer ist nicht mehr im allerneuesten Zustand. Es ist wackelig und knirscht schon vom hinsehen. Der Fußabtreter, der eigens nur für die Basslers direkt vor der Treppe liegt, scheint das einzig Neue im weiten Umfeld zu sein. Den Vorgänger hat man wohl vor die Archivtür gelegt. Dort liegt ein alter Dunkelgrauer, der den Schmutz kaum noch auffangen kann. Vor der Haustür liegt ein weiterer Fußabtreter, den sowohl Basslers als auch alle Archivgänger nutzen, wenn sie in dieses Moloch eintreten. Auf der dritten Stufe zur Wand steht eine hohe häßliche froschgrüne Vase mit vertrockneten Sonnenblumen. Beides könnte mal ausgetauscht werden. Auf dem Weg nach oben hängen zwei Bilder an der beigebraun tapezierten Wand. Das untere zeigt einen orangegrauen Pferdekopf álá Malen nach Zahlen. Da es nicht signiert ist, läßt sich der begnadete Künstler nicht ermitteln. Vielleicht wurde es mal von Basslers Kindern oder Enkeln angefertigt. Für einen zehnjähriges Kind wäre es noch in Ordnung, aber würde man dann ein solches Werk nicht eher stolz in der Wohnung aufhängen? Oder Herr bzw. Frau Bassler haben die Bilder selbst angefertigt und oben noch weitere Schätze dieser Art hängen. Oder man kriegt sowas zum 30-jährigen Firmenjubiläum vom Geschäftsführer geschenkt. Sowas würde man sich noch nicht einmal auf dem Klo hinhängen. Und als Aushängeschild des guten Geschmack kann man damit erst recht nicht prahlen. Zumal es neben der häßlichen Vase das Erste ist, was Besucher auf Anhieb von den Basslers wahrnehmen, falls überhaupt mal jemand hierher kommen sollte. Weiter oben hängt ein welliges Foto mit ebenfalls welligem und fleckigem Passepartout von einem offensichtlich norddeutschen Sandstrand. Ist wohl von einem Jahreskalender entnommen worden. Um mehr erkennen zu können, müßte ich die Treppe ein Stück hochsteigen, wozu mir momentan gar nicht nach ist. An der linken Wand Richtung Archiv hängt ein weiteres Schmankerl, welches mir bis jetzt nie so richtig aufgefallen ist. In einem feschen Aluminiumrahmen sehe ich ein posterartig großes Foto mit einem Wohnwagen. Die Aufnahme muß wohl persönlich von Herrn Bassler mit einer Schuhkartonkamera oder so gemacht worden sein, denn es ist leicht unscharf und schlecht belichtet. Das ungewaschene Ungetüm steht auf einer ungemähten Wiese und war bestimmt mal sein stolzer Besitz gewesen. Entweder sein Urlaubsgefährt oder sein ehemaliges Hauptquartier. Jedenfalls würde ich 1000mal lieber darin wohnen, als in diesem Horrorhaus. Die weinrotgräuliche Perserbrücke auf dem Boden kann garantiert auch von besseren Zeiten berichten. An den dünnsten Stellen schimmern schon fast die dunklen Holzdielen vom Flur durch. Jeder Staubsaugervertreter würde dieses staubige Flickwerk als einmalige Herausforderung für die Qualität seines angepriesenen Produktes ansehen: Stark zum Schmutz, aber sanft zum Stoff. Ein edler roter Teppich als Unterlage zum Ablageraum wäre ja auch so etwas wie Perlen vor die Säue. Angestrengt überlege ich, ob es innerhalb der Firmenmauern überhaupt einen heimeligen kuscheligen Platz gibt, der irgendwie einen roten Teppich verdient hätte?

Nicht einmal die Büros von Herrn Friedel oder Herrn Wohlgerber bieten eine ehrwürdige und gemütliche Atmosphäre. Nein, mir fällt nichts ein. Ein roter Teppich dürfte hier eigentlich nur ausgerollt werden, wenn man das Firmengelände durch das große Ein- und Ausgangstor wieder verläßt, um wieder in die normale Welt mit der süßschmeckenden Freiheit zu gelangen.

Ja, Freiheit. Die könnte ich nun gut gebrauchen. Die Gedanken an den unfreien Herrn Bassler lassen mich von meinen eigenen Problemen ziemlich abdriften.

Ups. Wenn man vom Teufel denkt... Durch das schmale Fenster in der Haustür sehe ich Herrn Bassler höchstpersönlich hierher stiefeln.

Er wird doch wohl nicht etwa jetzt schon Mittagspause machen wollen. Mist... Er ist tatsächlich auf dem Weg hierher. Schnell die Haustür ganz zu machen. Mhm..., was nun? Wenn er mich im Hausflur findet wär´s nicht so gut. Wer weiß, was er dann von mir denkt. Aber in die Ablage will auch nicht! Verdammt. was soll ich bloß machen?

Er kommt immer näher! Ich könnte rausgehen und so tun, als wenn ich mit dem doofen sortieren fertig wäre. Aber drinnen ist noch der blöde Pappkarton, den ich zurück in die Abrechnungsabteilung auf das kleinen Aktenschrank stellen muß, damit er weiter gefüllt und von Herrn Wagenbach wieder ins Archiv mitgenommen werden kann. Außerdem würde Herr Wagenbach feststellen, daß ich meine Arbeit noch lange nicht beendet habe. Warum muß der Bassler auch ausgerechnet jetzt schon seine Mittagspause antreten. Offiziell darf hier niemand vor Zwölf seinen Bleistift oder sonst was aus der Hand nehmen. Man, wohin so geschwind? Was ist das kleinere Übel?
Bassler ist gleich da. Ich höre seine Schritte immer deutlicher. Besser, ich gehe Richtung Ablage. Oh, bloß nicht wieder in die Nähe der beknackten Grusel-Tür kommen. Nein, in die Ablage gehe ich nicht. Ich werde so tun, als ob ich im Flur etwas verloren hätte und danach suchen würde. Das wird er mir sicher ohne viel Unannehmlichkeiten abnehmen.
Oh, SUPERSCHEISSE! Das verflixte Telefon auf dem Schreibtisch klingelt. Na, herzlichen Glückwunsch. Die kosmische Ordnung arbeitet wieder mal sehr präzise und treibt mich mit aller Raffinesse in die verdammte Ablage. Wer immer da gerade anruft: Man wird Dich vermissen. Und wenn Herr Bassler reinkommt und fragt, warum ich nicht rangehen will , wird mir heute wohl keine passende Antwort mehr einfallen.
Da, jetzt hat er den Schlüssel ins Schloß gesteckt und dreht ihn langsam um. Die Situation kommt mir bekannt vor.
Nun könnte ich mich gegen die Haustür stellen, diese erzittern lassen und dann kräftig dagegen klopfen. Nur wird Herr Bassler sicher nicht so sensibel sein wie ich und ein Klopfen am Vormittag gegen seine vertraute Haustür von innen wird ihn wohl nicht im mindesten erschrecken. Eher wird er alle verfügbaren Kräfte zusammenpfeifen und die Tür gewaltsam öffnen.

Der aufgedeckte Schabernack wäre für mich dann äußerst schwer zu erklären.

Da! Er kommt langsam rein. Zögerlich, aber mit großen Schritten verziehe ich mich notgedrungen wieder in das Archiv zurück. Vorsichtshalber lasse ich die Tür zwischen dem Raum und dem Hausflur einen großen Spalt breit geöffnet um im Falle eines Falles sofort die Flucht ergreifen zu können. Verkrampft blicke ich auf die Horrorpforte mit der Vermutung, daß dort jeden Moment etwas furchtbares herausspringen könnte. Mit mulmigem Gefühl haste ich dann seitwärts zum Telefon. Wer will da was von mir? Wieder Frau van Houten um mich zu kontrollieren? Wenn es diesmal nicht wirklich wichtig ist, werde ich zum Tier!

Ich nehme nach dem dritten Klingeln ab und bevor ich mich melden will, merke ich, daß man an dem anderen Ende der Leitung bereits aufgelegt hat. Na klasse! Entweder hatte der anonyme Anrufer keine große Geduld oder einen höchstoriginellen Streich spielen wollen.

Wenn es jetzt Frau van Houten war, so wird sie sich vermutlich denken, daß ich nicht mehr auf meinem Posten bin und bald zurückkehren werde. Mir fallen auf Anhieb drei Möglichkeiten ein, nach denen ich weiter vorgehen könnte:

1. Ich verstecke die restlichen Rechnungskopien schnell irgendwohin, so daß sie keiner findet, schnappe mir dann den leeren Karton, bringe den Schlüssel zurück und setze mich oben in der Abrechnung an meinen Platz und harre der Dinge bis zur Mittagspause.

   Vorteil: Frau van Houten schöpft keinen Verdacht, ich bin schnell aus dieser Folterkammer raus und freue mich weiter des Lebens.

   Nachteil: Wenn Herr Wagenbach oder sonst jemand entdeckt, daß Rechnungskopien fehlen und es auf mich beziehen werde ich so tief in der Scheiße sitzen, daß ich glaube darin zu wohnen.

2. Ich bleibe hier sitzen und verrichte weiter meine Arbeit bis ich fertig bin. Erst danach gehe ich zurück zur Basis.

   Vorteil: Alles hat seine Richtigkeit.

   Nachteil: Frau van Houten wird sich sehr wundern, daß ich nicht ans Telefon gegangen bin und Gerüchte oder sonstwas in Umlauf setzen. Zudem wird jede weitere Sekunde in diesem Schreckenskabinett zur Tortur.

3. Ich bleibe hier sitzen und verrichte brav meine Arbeit solange bis ich mit der Ablage und den Nerven fertig bin. Vorher rufe ich aber noch Frau van Houten an, um ihr zu erklären, warum ich gerade nicht anwesend war. Als Ausrede könnte man erwähnen, daß das Telefon viel zu leise eingestellt war und ich in meiner Tätigkeit so vertieft und in dem hintersten Winkel des Raumes war, daß ich erst viel zu spät an den Apparat ging, bzw. das Klingeln viel zu kurz war um mir eine Chance zu geben.
Vorteil: Alles hat seine Richtigkeit und Frau van Houten erfährt von meiner umfassenden Sorgfaltspflicht.
Nachteil: Wenn ich dadurch bis Beendigung der Ablage nicht wahnsinnig werde, eigentlich keine.

Schaut so aus, als wäre Vorschlag Nummer drei der sinnvollste. Na gut, rufe ich also die alte Schreckschraube an.
Hey, eine Premiere. Noch nie habe ich mit diesem Telefon jemanden angerufen. Wie war war noch gleich die Durchwahl? Eins-Null? Ja, Eins-Null! So, einmal die Eins gewählt und dann noch die Null..., ah, ein Amt...einmal tuten,...zweimal tuten... Ja, wo bleibt sie denn?...drittes tuten... In ihrem kleinen Glaskäfig ist sie doch allzeit sprungbereit. ...viertes tuten... Was ist los? Sie hat doch noch gerade versucht hier anzurufen. So weit kann sie ja nicht gekommen sein. ...fünftes tuten... Seltsam! So lange läßt sie ihre Anlage doch sonst nicht in Stich. Oder hat sie ein Telefonat auf der anderen Leitung?
Dann laß ich´s eben weiter klingeln. ...sechstes tuten... Ja, will die mich verarschen?

An ihrem Display müßte sie doch sehen, daß ich es bin, der sie anklingelt. Wenn es so wichtig war, daß sie hier ein zweites mal innerhalb einer halben Stunde anruft, dann geh´ gefälligst ran. ...das ist jetzt das siebte tuten... Ja, lüge ich denn. Wenn sie auf den Topf gegangen wär, hätte sie doch eine Vertretung beordert. Die Schaltzentrale, das Herzstück von Ernst Stamm, kann doch nicht unbeaufsichtigt sein. ...das achte tuten... Okay, jetzt reicht´s. Oder habe ich jetzt in der Hitze des Gefechts eine falsche Nummer gewählt und bin wer weiß wo gelandet. ...neuntes tuten... Solange hat in der Firma doch noch nie ein Telefon während der Geschäftszeit geläutet. Egal an welchem Platz. Noch einmal lasse ich es klingeln. ...das ist jetzt schon das zehnte tuten... Okay, das war's. Irgendwann muß doch mal jemand rangehen. Na gut, einmal versuch ich's noch. Aber dann ist Schluß.

...das elfte tuten... Verdammt nochmal!!! Was ist da los? Schläft die Alte auf dem Apparat? Na ja, alle guten Dinge sind zwölf. Komm schon! ...zwölftes tuten....

Entnervt knalle ich den Hörer auf die Gabel und zweifle, ob ich wirklich die richtige Nummer gewählt habe. Doch dessen bin ich mir sehr sicher. Zwei Ziffern werde ich ja wohl noch auf dieser alten verstaubten Drehscheibe problemlos zuordnen können.

Oder hat Frau van Hauten eventuell doch nicht die Eins-Null? Würde mich allerdings sehr wundern, aber irgendwo muß hier eine Telefonliste sein, mit der ich im wahrsten Sinne des Wortes auf Nummer sicher gehen kann. Und wenn mich nicht alles täuscht, hängt diese Liste rechts neben der Eingangstür. Würde zu gern wissen, warum diese Liste Lichtjahre entfernt vom Telefon plaziert ist. Das macht in und mit meinen Augen überhaupt keinen Sinn. Was macht hier eigentlich schon Sinn? Der ganze Tag hat bis jetzt noch keinen Sinn gemacht! Der ganze verwunschene Raum macht keinen Sinn! Und welchen Sinn verfolge ich eigentlich damit, Frau van Houten hinterherzurennen? ...Ach, nee. Wäre ich doch heute lieber zuhause geblieben. Wer weiß, was mir sonst noch alles erspart geblieben wär'? Mit mißmutigen Schritten trotte ich langsam auf die Telefonliste zu. Voller Erstaunen stelle ich fest, daß die Liste alt und verblichen ist. Jede Berührung scheint sie in Staub verfallen zu lassen und die Namen und Nummern kann man mehr erahnen als lesen.

Herr Kremer, Herr Reichelmann, Frau Soeldil, Herr Dörge. Alles Herrschaften von denen ich noch nie etwas gehört habe. Kein Wunder, anhand des ersichtlichen Gültigkeitsdatums muß die Liste gut 15 Jahre alt sein. Von Frau van Houten noch überhaupt keine Spur. Wer saß denn damals am Empfang? Eine Frau Gelkburg. Sehr interessant. Ah, damals war Herr

Friedel noch in der Buchhaltung und Herr Hess scheint wohl als Prokurist für die Stahlblechabteilung auf die Welt gekommen zu sein. Soso, der hat den Posten also schon seit mindestens 15 Jahren. Und warum ist dann jetzt Herr Wohlgerber, der auf dieser Liste gar nicht erst auftaucht, der allgemeine Geschäftsführer? Ob das dem alten Hess so in den Kram paßt? Die Situation scheint so ähnlich wie zwischen Bassler und Hügs. Vielleicht kann ich später auch mal den Schuppen als Geschäftsführer übernehmen und lasse dann Bassler und Hess hinter mir. Wenn ich hier was zu sagen hätte, würde ich Herrn Hess ganz schön auflaufen lassen und ihn spüren lassen, was für ein blöder arroganter Sack er ist. Bis es soweit ist, hätte er aber längst schon seine Rente durch oder würde bei meinem Amtsantritt vor den Augen aller Kollegen Harakiri machen.

Die Liste gefällt mir langsam. Hieraus lassen sich wirklich einige hochinteressante Dinge ablesen und interpretieren. Von 25 Namen aus der Vergangenheit sind 13 immer noch bis zur Gegenwart aktiv. Der Rest hat wohl den Löffel geschmissen, die Rente eingereicht oder mittlerweile woanders eine Karriere eingeschlagen. Was haben sie bei Ernst Stamm gemacht und wie wird es ihnen dabei ergangen sein?

Nehmen wir doch mal zum Beispiel das fiktive Schicksal dieser Frau Gelkburg, eine Vorgängerin von Frau van Houten.

Mhm... spinnen wir uns mal was zusammen. Frau Gelkburg wurde heute genau vor 59 Jahren in ... sagen wir mal in einem kleinen Dorf in Süddeutschland als Tochter eines Bäckergesellen und einer ... Fabrikarbeiterin geboren. Im alter von 14 Jahren zog sie mit ihren Eltern nach ... Ulm. Dort geht sie zunächst auf die Volksschule und beginnt dann mit 16 Jahren eine Lehre als Verkäuferin in einer miesen Metzgerei. Dort lernt sie einen einfühlsamen Metzgergesellen kennen, den sie vier Jahre später heiratet. Der Metzgergeselle wird wenig später Metzgermeister. Ein Jahr später ziehen beide nach München und eröffnen von ihrem schwer verdienten und sauer ersparten Geld ihr erstes Geschäft.

Verdammt nochmal, was ist in mich gefahren. Ich denke mir irgendwelche erfundenen Lebensgeschichten von irgendwelchen

Trullatippsen aus, die hier mal in grauer Vorzeit ihr Schatten-dasein fristeten. Dabei sollte ich besser versuchen Frau van Houten zu erreichen, um zu klären ob sie mich gerade angeru-fen hat und was sie von mir wollte. Und selbst das führt nur in ungewisse Ablenkungen, denn der primäre Zweck meines Aufenthalts heißt immer noch "Ablage verrichten". Und darüber hinaus sollte ich keine weitere Nanosekunde in diesem verhex-ten Raum mit unnützen Aktionen verbummeln, sondern diesen Ort so schnell verlassen, wie es meine Arbeit und mein Gewissen zulassen.

Wir haben jetzt fünf nach halb zwölf und im Grunde genommen bin ich mit der Ablage keinen Deut voran gekommen. Im Gegenteil, ich spekuliere, ich phantasiere, ich spekuliere mit meiner Phantasie und phantasiere über Spekulationen. Meine Zeit streicht dahin. Sie streicht schneller dahin als mir lieb ist und die Früchte meiner Arbeit sind alles andere als schmack-haft. Wer auch immer von mir eine satte Ernte erwartet, wird lei-der herb enttäuscht sein. Ich muß mich wieder auf die Ablage konzentrieren. Ich muß diesen verkommenen Karton mit den Rechnungskopien ordentlich leeren, sortieren und abheften. Erst dann darf ich mit gutem Gewissen hier raus und über Frau Gelkburg´s Metzgerei und ihre weitere Lebens- und Leidensgeschichte nachgrübeln.
Außerdem kann ich in meiner Freizeit mein Gehirn mit nützli-cheren Gedanken verstopfen, als mit einer aus den Fingern gesogenen Story über eine dahergelaufene ehemalige Empfangsdame dieser Firma.
Ich darf vor allem die Berufsschule nicht vergessen.
Diesen Test, für den ich mich noch vorbereiten muß, darf ich auf keinen Fall unterschätzen... Frau Gelkburg´s Metzgerei!?! Wie komme ich nur auf so einen Schwachsinn? Frau Gelkburg hätte wohl in meiner Phantasie anschließend mit ihrem Mann vier Kinder bekommen und ebenso viel Filialen in München und Umgebung eröffnet. Dann wäre ihr jüngstes Kind eines Tages in die Wurstmaschine gefallen. Frau Gelkburg war von diesem Unglück so geschockt, daß sie nie wieder Wurst essen wollte und keinen Fuß mehr in eine Metzgerei setzen mochte...
Ich glaub´ ich spinne. Jetzt stehe ich immer noch vor dieser

Telefonliste und frickele mir eine aus den Fingern gesogene Geschichte zurecht.

Schlagartig wird mir wieder diese unheimliche Stille bewußt. Eine Stille, die ich mit Gedanken füllen will, damit sie mich nicht taub macht. Bevor ich die Rechnungsdurchschläge nach ihrer Ordnung sortieren kann, muß ich erst mal meine Gedanken sortieren. Gedanken. Es sind so viele, aber keiner von ihnen sagt mir was ich tun soll. Keiner bringt mich an mein Ziel. Keiner hat die Kraft mich zu lenken. Irgendwo dahinter höre ich die Vernunft, die mir erzählt was richtig ist. Aber die anderen Gedanken lassen sie nur ganz schwach erscheinen. Es ist für mich mühselig vernünftig zu werden Ich achte die Vernunft. Ich höre ihre Befehle, kenne ihre Sorgen, nähre mich von ihren Erfolgen. Aber ein Schleier aus Blei verhindert mein handeln. Wie angewurzelt stehe ich da und versinke in meiner Welt. Eine Welt aus Wörtern und Sätzen. Aus Zahlen und Zeichen. Aus Farben und Formen. Aus Tönen und Klängen. Aus Fühlen und Schmecken. Es ist wunderschön sich ihr zu ergeben.

Sie steckt voller geheimnisvoller Rätsel, verbirgt seltsame Geheimnisse und umfaßt unendliche Tiefen und Weiten. Ihre süße Magie ist alles und nichts. Diese Welt hat ihre eigenen Gesetze und ich bin ihr wichtigster Bestandteil, ihr geistiger Vater und leiblicher Sohn. Sie ist mein kostbarster Besitz und mein wertvollster Schatz. Jeder lebt in seiner Welt, aber nur meine ist die Richtige.

Ich spüre, wie ich in einem leichten Sog von meinen eigenen Gedanken langsam, aber kontinuierlich nach innen gezogen werde. Jede Faser. jede Zelle meines Körpers gleitet mit meinem Bewußtsein in mein tiefstes Ich. Es ist vollkommen sinnlos sich dagegen zu wehren, obwohl es verhältnismäßig leicht zu sein scheint. Alle rationalen Empfindungen rücken weiter in die absolute Bedeutungslosigkeit. In den hintersten Winkeln meiner Gehirnwindungen beginnt eine abenteuerliche Reise vom Rande des Universums bis hin zu den Atomen meiner Seele. Ganz leise und zaghaft versucht mein Gewissen diesen Ausflug zu verhindern. Es ist halt irgendwie unverschämt von mir, sich diesen Luxus bei meiner momentanen Situation zu erlauben und dem Ruf des süßen Nichtstuns zu folgen.

Aber es ist etwas anderes als nichtstun. Ich stehe einfach vor der Wand und starre diesen winzigen Fliegenschiss auf dieser seltsamen Telefonliste an. Dabei könnte es auch jedes andere Objekt sein. Hauptsache ist, daß ich meinen Blick fixiere und in meiner unendlichen Vielzahl von Gedanken versinke bis nur noch die Leere existiert. Die Zeit läuft, aber ich laufe nicht mit. Die Zeit schlägt ihren Rhythmus, aber ich höre sie nicht. Die Zeit ist mir gegeben, aber ich verschwende sie. Die Zeit verlangt Respekt, aber ich ignoriere sie.

Jetzt oder später wird sie sich rächen. Sie wird in einem raffinierten Zusammenspiel aus Zufall und Bestimmung alles nehmen oder geben. Je nachdem. Sie ist gnadenlos und unbestechlich. Und überhaupt: Sie ist schneller als man glaubt und langsamer als man hofft. Aber sie vergißt nie. Dabei habe ich gar nicht vor mich mit ihr anzulegen. Ich will nicht gegen sie kämpfen oder sie austricksen. Eine bittere Niederlage wäre mir Gewiß. Trotzdem genieße ich meinen Müßiggang.

Nein, dies ist keine Pause, keine Rast oder Ruhephase. Selbst der Begriff Meditation wäre nicht korrekt. Es ist eher eine Art Leerlauf. Vielleicht auch egoistische Unvernunft. Eine genauere Bezeichnung oder Definition spielt in mir drin momentan eh keine Rolle, denn meine innere Leere beginnt mit der unendlichen Leere und Tiefe des Universums. Und da haben wir nun mal nichts. Und direkt danach kommt... wieder nichts. Aber von diesem einen Nichts zum anderen Nichts ist es wiederum eine Ewigkeit. Und dazwischen ist alles. Absolut alles. Mehr als eine Milliarde mal eine Milliarde hoch eine Milliarde von allem. Darunter Billionen Galaxien mit 100 Milliarden Sternen. Eine unvorstellbare Zahl von Zeit und Raum. Zeit, von der man auch vor dem Urknall nicht weiß, wann sie angefangen hat und wann sie endet. Und Raum, von dem man nicht weiß wo er beginnt und bis wohin er sich ausdehnt. Zeit und Raum kennen keine Grenzen, denn jedes Ende ist ein Anfang von etwas anderem und umgekehrt. Und wird das Eine zerstört, so entsteht das Andere daraus neu. Immer wieder und immer wieder.

Und zwischen all diesen neuen und alten, großen und kleinen Galaxien befindet sich unsere linsenförmige Milchstraße mit ihren Spiralarmen, die Eine von Billionen, die wie alle anderen ebenfalls seit dem Urknall zum unbekannten Rande des Weltalls driftet. Bei ihrem Durchmesser von 100 000 Lichtjahren liegt unsere kleine Sonne etwa 32 000 Lichtjahre vom Zentrum entfernt, welches sie mit einer Geschwindigkeit von 270km je Sekunde in gut 220 Millionen Jahre umläuft.

Und 149 597 900 km von dieser Sonne entfernt kreist unser guter alter Planet Erde mit gut 107 220 Kilometern in der Stunde seine Bahnen. Zusätzlich dreht sie sich noch mit circa 1667 km/h um die eigene Achse. Unvorstellbare Zahlen von Raum, Materie, Energie und Geschwindigkeiten.

Gierig sucht man verzweifelt die Grenzen im Unendlichen.
Wo hört es auf? Was kommt danach?

Und mittendrin in diesen Unvorstellbarkeiten rausche ich als unbedeutendes Individuum in einem 25 qm mickrigen Archiv durch das Weltall und verplempere die kostbare Zeit meiner Lebensuhr mit abgelegten Rechnungskopien, gespenstischen Holztüren und irrwitzigen Telefonaten sowie diesem minimalen Fliegenschiss auf dieser methusalemalten Telefonliste.

Bis tief in den Atomkern im Zentrum meiner Seelenmaterie geht diese rätselhafte Reise.

Alles zwischen Urknall-Zentrum und Astral-Atom scheint sich zu bewegen, dreht unaufhaltsam seine Bahnen, rotiert um sich selbst.

Nach dem Anfang kommt das Ende aus dem ein neuer Anfang wird.

Die Schwingungen meiner Seele dringen leise und unaufhaltsam bis zur Antwort aller Fragen. Auch zu Fragen die man niemals gestellt hat. Der Kosmos pulsiert. Er streckt sich aus, um sich sogleich wieder zusammen zuziehen. Das ist der ewige Lauf der Dinge. Ein Auf und Ab. Ein Kommen und Gehen. Ein Leben und Sterben.

Nur mein Bewußtsein steht teilnahmslos da und will sich von alledem entziehen. Eine innere Anarchie. Ein Aufbäumen gegen Gesetz und Logik. Einmal nicht handeln, atmen, denken, fühlen, funktionieren und existieren.

Für den Hauch einer Sekunde gelingt es mir, mich vom Kosmos zu distanzieren. Ein nicht vorhanden sein auf einer ganz besonderen Ebene. Eine bombastische Leere...

...Ich war im Nichts. Genau zwischen Dies- und Jenseits. Ein Erlebnis der besonderen Güte und mit wirklich "nichts" zu vergleichen was man vorher gekannt hat. Ein unbeschreiblicher Stillstand aller Empfindungen. Eine neue Qualität der Wahrnehmung, die ich bisher für unmöglich gehalten habe.

Allerdings auch ein nicht ganz unkomplizierter Eingriff. Dabei mußte man genauso aufpassen, als wenn man in einem Raum einen Lichtschalter betätigt um es dunkler zu machen und diesen dann wiederfinden um das Licht auch wieder anzuknipsen. Im nachhinein kann ich noch nicht einmal sagen, ob es schön oder schlimm war. Es war halt irgendwie anders.

Die Wörter müssen erst erfunden werden, um auch nur annähernd beschreiben zu können, was wirklich vorgefallen war. Nur nach und nach mit kleinen Schritten läuft mein Geist wieder auf normale Betriebsbedingungen wieder an. Und umso mehr ich mit klarem Verstand über dieses Erlebnis nachdenke, umso lächerlicher kommt mir meine gegenwärtige Situation vor. Nicht alles im Leben muß einen triftigen Sinn ergeben, aber was ist im Leben wirklich wichtig?!?: Der eigene Spaß? Das harmonische Miteinander? Der treue Glaube an ein höheres Wesen? Der Gehorsam gegenüber Stärkeren bzw. hierarchisch besser gestellten Führungskräften? Das Streben nach einem gesunden und unversehrten Körper? Die Vermehrung bzw. Erhaltung seiner eigenen Spezies? Der Genuß von Liebe, Essen, Trinken, Kunst und Sex? Oder eher deren absoluter Enthaltung?

Jeder mag für sich eine passende Antwort finden. Jeder sollte sein persönliches Seelenheil finden und möglichst andere damit nicht in die Quere kommen. Vielleicht ist etwas daran, daß ein jeder seines eigenen Glückes Schmied ist. Nicht grundsätzlich, eher tendenziell.

Aber eines ist für mich so sicher wie die überteuerten Preise in der Apotheke: Das Leben ist absolut zu kurz um sich mit dämlichen Arschlöchern und beschissenen Jobs abzugeben!

Irgendwie habe ich ja auch gut reden. Mir geht es als Auszubildender zu dieser gegenwärtigen Zeit auf diesem Teil der Erde noch Verhältnismäßig gut. Einige Jahrzehnte früher oder ein paar dutzend Breitengrade südlicher geboren und mein ganzes Leben hätte wohl einen ganz anderen Inhalt und meine Probleme wären wohl eher von existenzieller Art. Verglichen damit, geht es mir ja doch so richtig Gold. Überhaupt geht es mir weitaus besser, als den meisten Mitbewohnern dieses Planeten. Zumindest bilde ich es mir ein. Ja, so kann man sich auch seine gute Laune herbei alchemisieren. Denk ich an andere, denen es noch viel schlechter geht als mir, so geht es mir gleich wieder gut. Diejenigen, die absolut beschissen dran sind und mit teuflischer Regelmäßigkeit vom Schicksal gekniffen werden, können zumindest immer noch als Negativbeispiel herhalten.

Artig gehe ich wieder an die altbewährte Ausgangsstellung, um endlich mit den letzten Rechnungskopien fertig zu werden. Die Uhr zeigt schon 20 vor 12. Jetzt aber hurtig. Sicher vermißt man mich schon in der Abrechnungsabteilung. Sicherlich war es auch der Grund, warum vorhin das Telefon klingelte. Verschollen im Bermudadreieck der Aktenordner. Gekidnappt vom Poltergeist aus dem Nebenraum. Erschlagen von der Regalwand. Zu Tode erschreckt, zu Tode gepeinigt, zu Tode vom Bürostuhl gestürzt, zu Tode archiviert, zu Tode gegrübelt. Wenn ich mich beeile, ohne Fehler zu machen, bin ich gleich in ein paar Sekunden hier raus. Natürlich vorausgesetzt, daß nichts mehr dazwischen kommt. Wie zum Beispiel diese langsam einsetzenden Kopfschmerzen. Das hat ja noch in der heutigen Sammlung gefehlt.
Mhm...die Kopfschmerzen scheinen immer intensiver zu werden. Entweder kommt es vom zu vielen Nachdenken oder vom zuwenig Essen. Meine letzte Mahlzeit war heute morgen, kurz bevor ich zur Arbeit losgefahren bin. Eine Scheibe Brot mit Erdbeermarmelade. Viel war es nicht, aber morgens in all dem Streß verspürt man allerdings auch nicht gerade einen gesegneten Appetit. Ausgiebigeres Frühstücken bedeutet auch entsprechend früheres Aufstehen. Da aber gerade Morgens jede Nanosekunde Schlaf kostbar ist, versucht man eher im Bad oder beim Essen die verpennte Zeit aufzuholen. Und da mangelnde Körperhygiene im Kleinraumbüro äußerst schnell und unangenehm auffällt, wählt man lieber ein bescheideneres Morgenmahl. Der Magen schlummert noch tief und man be-

kommt keinen gescheiten Bissen runter. Man könnte auch im Auto während der Fahrt frühstücken. Die 16 Kilometer von Zuhause bis hierher absolviert man eh im schleichenden "Stop & Go". Trotz drohender Krümel im Auto eine verlockende Idee, die ich mal in die Tat umsetzen sollte.

Selbstverständlich gibt es bei Ernst Stamm um 9.30 Uhr eine offizielle Frühstückspause. Doch wer nichts dabei hat, kann auch nichts verzehren. Diese Auswirkungen bekomme ich nun zu spüren. Der Schädel schmerzt und der Magen knurrt. Nicht gerade die besten Arbeitsbedingungen um konzentriert bei der Sache zu bleiben. Durch den Schreck vorhin, habe ich den Hunger vollkommen verdrängt. Und der Durst meldet sich ebenfalls. Wenn mich nicht alles täuscht, liegt oben in der Abrechnungsabteilung noch eine halbe Tafel Schokolade im Schrank. Und ein paar Kekse müßten auch noch vorhanden sein. Zum Glück sind die Kollegen dort eingefleischte Teerinker und huldigen nicht diesen doofen Kaffeekult. Eine ordentliche Tasse Tee wird den momentanen Kaltdurst erstmal stillen. Das müßte wenigstens bis nachher zur Pause reichen. Hach, was freue ich mich schon darauf. Nur noch ein paar dämliche Schriftstücke sortiert und weg bin ich. Die schönste Freude ist halt doch die Vorfreude.

Draußen scheint zum Glück immer noch die Sonne und die Vöglein zwitschern vergnügt vor sich hin. Ein beruhigendes und zufriedenstimmendes Geräusch, wenn man weiß, daß man gleich dazugehört und sich über die zurück gewonnene Freiheit freuen kann.

Was will ich noch mehr? Freiheit, Pause, Sonne, Essen, Trinken und ein Ausbildungsplatz - man muß nur das Leben in seinen gnädigsten Augenblicken zu würdigen wissen! Auch wenn mein Schädel gerade brummt wie ein Paradeplatz. Den laut knurrenden Bauch und den trockenen Hals kann ich eventuell noch ignorieren. Aber der Kopf scheint jeden Moment zu platzen. Womit habe ich das bloß verdient? Wo Schmerz ist, ist Leben. Doch soviel Leben halte ich nicht aus.

Wie ein schwerer Schmiedehammer scheint die Pein mir dumpf an die Stirn und an die Schläfe zu schlagen. Wellenartig durchdringen sie meine ohnehin bereits angespannten Nerven und verwandeln sich im Gehirn zu reinsten Qualkaskaden. In jungen Jahren ist mein Schmerzsammelsurium noch nicht allzuweit gefächert. Sicherlich gehört aus meiner bisherigen Erfahrung Zahnweh mit zu den übelsten Vertretern von Unwohlsein. Solche heftigen stechenden Schmerzen stehen bestimmt nicht nur bei mir ganz oben auf der Antiskala der Glückseligkeit. Verglichen damit ist meine momentane Lage eher reizvoll, aber diese immer wiederkehrenden pochenden Stöße reiben mich noch vollkommen auf.

Der Magen zieht sich zur gleichen Zeit ständig immer wieder zusammen und verlangt gierig nach Nahrung. Egal was, Hauptsache der Bauch bekommt Arbeit. Jeder optimistische Gedanke an Essen macht meinen Mund wässerig, obwohl die Speichelbildung durch meinen Durst eher zurückhaltend bleibt.

Diese Kombination von diversen Elementen der Marter geben mir langsam den Rest. Der Schädel könnte bald bersten und der Magen sich selbst verdauen, während sich die Kehle zuschnürt und allmählich zu Staub verfällt. Meine Motivation wird erneut gelähmt.

Ich werde doch nicht wohlmöglich ernsthaft krank werden. Das könnte ich mir eigentlich nicht leisten. Nicht arbeitsfähig zu sein könnte eventuelle Nachteile mit sich bringen. Der Schulstoff wird versäumt und außerdem sollte man, wenn es schon sein muß, in einer Abteilung fehlen, die einem eh nicht so liegt. Ausgerechnet in den nächsten Tagen oder gar Wochen in der Abrechnungsabteilung zu fehlen, wäre quasi Perlen vor die Säue werfen. Aber ich denke, daß ich mein kleines Problem relativ fix wieder im Griff bekomme.

Der Cziwinski aus dem Blechlager fehlt schon seit Wochen. Man munkelt sogar, daß er, sobald er wieder hier auftauchen sollte, gleich seine Papiere nehmen kann. Ständig müssen irgendwelche Hilfsarbeiter seine Arbeit übernehmen. Zudem ist bekannt, daß Cziwinski eh nicht gerade zu den allerfleißigsten gehört. Warum er krankgeschrieben ist, weiß keiner so genau. Angeblich hat er es mit der Wirbelsäule und das wäre für einen Lagerarbeiter nicht gerade das Vorteilhafteste. Ich kann mir gut vorstellen, daß Herr Friedel lieber gesunde und fleißige Arbeiter und Angestellte beschäftigt. Immerhin muß er als Personalchef die Spreu vom Weizen trennen und ein Ausleseverfahren treffen.

Als Kaufmann kann man sich zwar schon eine kaputte Wirbelsäule leisten. Auch ein Defekt an Armen oder Beinen sollte im Prinzip die Tätigkeiten nicht behindern. Dafür sollte es wenigstens im Kopf stimmen. Damit hätten wir auch bereits eine zwei bis drei Klassengesellschaft. Angestellte sind Kopfwerker. Arbeiter können dagegen ruhig diverse Macken haben. Ob starke Kopfschmerzen bei einem Lageristen zum Kranksein reichen? Und was passiert wenn ich mir nur eine Hand breche?

Zumindest habe ich mir fest vorgenommen nur dann zu fehlen, wenn es mir wirklich schlecht geht. Jede Art von Simulanz kann zwar nette freie Arbeitstage bescheren , aber mit einem gesunden Körper sollte man keinen Unfug treiben. Auf der anderen Seite ist es mir tausendmal lieber wenn Kerngesunde sich einen blauen Lenz machen, als wenn irgendwelche Keimträger aus streberhaften Motiven unschuldige Mitarbeiter im Büro anstecken. Wer so egoistisch handelt, sollte an den öffentlichen Firmenpranger auf das übelste gepeinigt werden.

Schwerfällig raffe ich gleichzeitig meine Gedanken und die restlichen Blätter für das Archiv zusammen um endlich das Finale einzuläuten. Doch die Arme und Beine wirken schwer wie Blei und meine Grobmotorik wird zunehmend anfälliger.
Könnte man die doofen Rechnung essen, würde ich sie sofort genüßlich verspeisen. Dazu ein delikater Radiergummi oder einen kräftigen Schluck Tippex.

Es pocht, es dröhnt, es rumort, es gluckert. Mein Körper fleht nach neuem Brennstoff, nach verwertbarem Material, welches mir neue Energie für den weiteren Tag gibt.
Der blaßgrüne Teppichboden erinnert an eine leckere Schicht aus Pistazieneis. Oder einem kleinen See aus Waldmeistermilch. Vor allem dieser ausgemusterte Stuhl an der linken Wand sieht mit seinem dicken Polster zum Hineinbeißen aus. Sein rötlicher Bezug könnte leicht nach Kirsch oder Erdbeer oder im ungünstigsten Fall nach Tomatensoße schmecken. Seine Beine sind aus Schokolade, vielleicht aber auch aus gefüllten Rinderrouladen. In den Polstern ist eine Watte aus

Mäusespeck, Nudeln beziehungsweise Kartoffelpüree.

An der Decke über dem Stuhl bemerke ich, wie sich eine kleine fette Spinne in ihrem Netz an frisch gefangene Beute heran-macht.

Das hat mir auch noch gefehlt, daß ich anderen beim Essen zugucken darf. Diese winzige Ungetüm hat es eigentlich ganz schön gut.

Gleich hat es seine Mahlzeit in spe erlegt und braucht keinen Kohldampf zu schieben. Es hat keine Vorgesetzten, die ihm vor-schreiben wann es etwas zu tun hat und es kann selbst bestim-men, wie es den Tag gestaltet. Und in diesem Raum kann es sich frei entfalten. Es schläft solange bis es wach wird und sobald mal was ins Netz geht, welches wohl von keinem Angestellten oder Putzfrau hier zerstört wird, gibt es was zu beißen. Dafür braucht man keine Ausbildung, sondern nur naturgegebenen Instinkt. Dafür, liebe Spinne, kannst du nicht autofahren, keinen Fernseher oder CD-Player bedienen und keine Comics lesen. Und Du wirst nie in den Genuß eines schö-nen heißen Vollbades mit wohlriechenden Essenzen kommen oder eine knusprige Thunfischpizza mit Zwiebeln plus einem eiskaltem Bier zu schätzen wissen.

Ich könnte ja auch so gemein sein und Dir Deine frisch gefan-gene Fliege aus dem Netz nehmen und mir selber einverleiben. Wenigsten hat mein Magen dann etwas zu tun.

Aber diese Portion, die Du wohl lebensnotwendigerweise brauchst und auch verdient hast, wäre für mich noch nicht mal was für den hohlen Zahn.

Essen, fressen, trinken, saufen. Nur noch ein paar Gelbe sortiert und die Ordner rausgesucht - die Pause ist zum greifen nah.

Als erstes werde ich mich oben über die langersehnte Tafel Schokolade hermachen. Die Vorstellung von diesem Schmelz auf der Zunge und dem süßlichen Kakaogeschmack auf dem Gaumen läßt mir fast die Tränen aus den Augen kullern. Gleich bin ich soweit, daß ich hinaus gehen kann. Und wenn ich erst mal die Kekse zwischen meinen Zähnen zerkaue. Die kleinen Krümel werden artig meine Geschmacksnerven beruhigen, während ein wohltuender Schluck Pfefferminztee meine Kehle flutet.

Doch dies ist nur das Vorspiel. Gleich in meiner Mittagspause werde ich die Qual der Wahl, dank des benachbarten Hypermarktes, in Hinsicht auf mein ordentliches Mittagsmahl haben. Ich weiß noch gar nicht was ich mir in der dortigen Kantine hineinziehen werde. Der absolute Höhepunkt der Mittagspause. Ach was. Wie immer der aufregende Höhepunkt des ganzen Arbeitstages.

Mit schrillem Klingeln läutet fast explosionsartig das Telefon und reißt mich in die gegenwärtige Realität zurück. Ich denke an eine gewisse Duplizität der Ereignisse und nehme den Hörer mit einer unguten Vorahnung ab.
Fast hätte ich mich mit "Wer stört?" gemeldet, doch rechtzeitig übernehme ich den gängigen Meldekodex.
Klar, es ist Frau van Houten, die mit einem leicht ermahnenden und ebenso besorgten Unterton fragt, warum ich noch im Archiv bin und warum ich vorhin nicht ans Telefon gegangen bin. Die erste Frage läßt sich noch ziemlich einfach beantworten. Als Grund gebe ich an, das es viel zu tun gibt. Ein flüchtiger Blick auf die Uhr verrät, daß es bereits fast viertel vor zwölf ist. Ich kann es selber kaum glauben und sie muß mich für einen kompletten Idioten oder Nichtsnutz halten, wenn ich so lange meine Ablage oder was auch immer hier verrichte.

Bei der zweiten Antwort wird es allerdings doch komplizierter. Ich teile ihr mit, das ich kein klingeln vernommen habe und frage, ob sie sich überhaupt sicher ist, daß sie angerufen hat. Während ich ihr das erkläre, wird mir bewußt, das tatsächlich Frau van Houten vor einer Weile hier angebimmelt haben muß. Die Wahrheit hätte nur unnötig viel Staub aufgewirbelt. Das Gegenteil kann mir niemand beweisen und somit habe ich Frau van Houten erstmal die Arschkarte zugespielt. Allerdings hätte ich aber auch ganz gerne gewußt, warum sie da nicht an ihrem Platz war. Nun hat sie im Prinzip ausreichend Gelegenheit mir in aller Form deutlich zu machen, was sie eigentlich von mir will. Aha, Herr Rahmsdorf aus der Blechabteilung möchte gerne ins Archiv und wollte bei ihr den Schlüssel in Empfang nehmen. Da ich vorhin nicht ans Telefon gegangen bin, sei man davon ausgegangen, daß ich auf dem Weg hierher sei und bis jetzt hat man mich halt vermißt.

Sie will wissen wie lange ich noch beschäftigt sei? In der Frage keimt so etwas wie eine Doppeldeutigkeit auf. Einerseits könnte sie wissen wollen wie lange ich noch im Archiv weile oder und andererseits wie lange mich noch die Firma als Mitarbeiter duldet.

Zwar ist es recht verlockend auf diese Zweideutigkeit einzugehen, doch ich halte mich besser kurz und teile dieser Nervensäge mit, daß es sich nur noch um ein paar Minütchen handeln würde.

Sie erwidert daraufhin, daß Herr Rahmsdorf dann gleich bei mir sein wird. Eventuell soll ich so lange warten bis er angekommen ist.

Na Klasse! Mit der gleichen unguten Vorahnung in der ich den Hörer abgenommen habe, lege ich selbigen wieder auf die Gabel.

Herr Rahmsdorf! Ausgerechnet der! Wenn es bei Ernst Stamm einen unzuverlässigen notorischen Schwätzer ohne Rückgrat mit reaktionärem Gedankengut und schalem Witzpotential gibt, dann ist es zweifelsohne Herr Rahmsdorf, ein nerviger Außendienstler aus der Blechabteilung der Marke "jung, dynamisch, erfolglos", den man genausogut gebrauchen kann, wie ein Kropf am Hals. Er verkörpert praktisch den Anti-Mitarbeiter mit fast allen negativen Eigenschaften, die ein Verkäufer nur haben kann. So ein schleimiger, aufdringlicher, oberflächlicher, überheblicher und aus dem Maul stinkender Pseudo-Yuppie.

Hoffentlich beeilt er sich, denn ich bin mit meiner Arbeit so gut wie fertig und lange werde ich nicht auf ihn warten. Ob er hier anschließend was sucht, aufräumt, alles niederfackelt oder sich aufhängt ist mir schnurz. Nur voran machen soll er.

Sobald ich diese Babys hier in diesen Ordner abgeheftet habe bin ich endlich fertig. Das da, das dort, hier noch, den da hin, das noch, jenes hierhin, jenes dorthin, dieses da, jenes da, den dort, dieses noch, das hier hin, jenes noch und zuguterletzt noch dieses dazwischen. Zu, den Ordner, weggestellt und aus die Maus.

Ging ja doch schneller als ich gedacht habe. Na, dann wird es für Herrn Rahmsdorf aber allerhöchste Eisenbahn.

Gespannt schaue ich aus dem Fenster, in der Hoffnung Herr Rahmsdorf möge sich recht bald hier blicken lassen. Die Sonne scheint immer noch in ihrer vollen Dynamik und die Vögel zwitschern weiter ein stimmungsvolles Geträller. Ansonsten scheint es draußen wie ausgestorben zu sein. Wenn man nicht hin und wieder das scheppern der Stahlrohre vernehmen würde, könnte man wirklich meinen, daß niemand mehr anwesend sei. Die werden doch wohl nicht etwa irgendwo eine kleine Betriebsfete ohne mein Beisein gestartet haben? Das würde auch das fernbleiben von Frau van Houten erklären.

Während ich hier auf vergessenem Posten Kohldampf schiebe, sitzt zur gleichen Zeit ein paar Meter weiter im Hauptgebäude die komplette Firma bei trauter Gemeinsamkeit zusammen und läßt es sich bei Würstchen, Schnittchen, köstlichen Salaten sowie elfundneunzig verschiedenen Brot- und Käsesorten gutgehen. Dazu gibt es literweise frisches Bier vom Faß und andere leckere Getränke, die jetzt auf wunderbarste Weise meine staubige Kehle vom quälenden Durst befreien könnten.

Der Gedanke macht mich wütend und depressiv zugleich.

Besser ich denke vorläufig an etwas aufmunterenderes.

Alle Uhren zeigen viertel vor zwölf. Eildieweil setze ich mich mit dem Stuhl an die Wand gegenüber den Regalen. Zu meiner linken kann ich das Fenster und zu meiner rechten die Ausgangstür anvisieren. Zudem habe ich auch noch exzellent die Horrortür im Blickfeld.

Dennoch ist mir nicht ganz wohl in meiner Haut. Ich darf nicht mehr an dieses Portal oder was dahinter verborgen sein könnte grübeln.

Jeder weitere Gedanke würde mich mit gewaltigen Schritten in Richtung Heilanstalt treiben. Soll doch gleich der doofe Rahmsdorf erschreckt werden. Wenn ich ihm sage, daß er auf keinem Fall an die Türe darf, weder aufmachen, klopfen, oder streicheln wird er garantiert seine Griffel nicht bei sich behalten können. Oh, wie sehr ich Dir das gönne Ramsi. Ein kleiner Herzinfarkt, der Dich für immer davon abbringen wird zu neugierig, zu besserwisserisch, zu selbstverliebt, zu arrogant, zu nervend, zu dumm und vor allem zu spät zu sein. Er muß ja nicht dabei draufgehen, aber ein Sinneswandel von 180 Grad würde diesem randlosen Arschloch zu einem liebenswürdigen Mitmenschen machen. Zumal stehe ich wirklich nicht alleine mit dieser Behauptung, So wie ich spitz gekriegt habe, muß wohl jeder zweite Kollege einen ordentlichen Haß auf Ramsi haben. Die andere Hälfte kann ihn wahrscheinlich nicht ausstehen. Nur Herr Wohlgerber und vor allem Herr Hess können auf irgendeine Weise gut mit ihm. Das mag auch an der Tatsache liegen, daß sein zweiter Name eigentlich Schleimi Stiefelleck lauten sollte. Sowohl Wohlgerber als auch Hess lassen sich anscheinend nur allzugern von ihm blenden, denn eine Verkaufskanone ist Ramsi in meinen Augen nun wirklich nicht. Ich glaube, seine Kunden bestellen nur was bei ihm, um ihn dann entsprechend schnell wieder loszuwerden. Der Großteil seiner Klientel bestellt aber bei Herrn Rahmsdorf, weil sie die Bleche sowieso dringend benötigen, egal ob nun Ramsi, der Papst oder meine Oma den Auftrag annehmen.

Von Verhandlungsgeschick oder Aufschwatzgeschäften kann hier absolut nicht die Rede sein. Er hat nun mal das Glück, das seine Kundschaft automatisch Nachschub braucht. Leider haben dies die Oberen noch nicht registriert. Dafür registriere ich, daß er sich sichtlich Zeit mit seiner Ankunft läßt. Mensch, wo bleibt der nur.

Ist ja schon recht dreist, mich hier sitzen zu lassen, wo ich doch so dringend was Essen möchte. Und der Durst erst. Außerdem verspürt meine Blase den leichten Drang geleert zu werden.

Naja, dieses Bedürfnis läßt sich noch am einfachsten unterdrücken.

Da macht mir der ungestillte Hunger wirklich mehr Kummer. Wenn der blöde Anruf nicht noch gekommen wär´, könnte ich in diesem Augenblick bereits sämtliche Bürovorräte weggefuttert haben. Vor allem diese intervallischen Kopfschmerzen gehen mir mehr als nur auf den Nerv.

Im Prinzip sollte ich eigentlich schon mal rausgehen und hoffen, daß er mir entgegenkommt. Nur ist es schwer auszumachen, ob er über den Parkplatz und dann durch die Stahlblechhalle geht oder ob er wie ich von seiner Abteilung über den Flur durch die Halle kommt. Blödestenfalls schleicht er um die Halle zum Versand und dann von dort aus hierher. Nicht auszuschließen wäre auch die Variante, daß er rechts von den Stahlrohrhallen zum Archiv gelangt.

Wahrscheinlich kommt er aber aus der Stahlblechhalle. Dort arbeitet sein Lieblingskollege Karo, der mit bürgerlichem Name eigentlich Karl Rose heißt.

Karo, ist ein junger Lagerist und vermutlich der einzige Kamerad, den Ramsi bei Ernst Stamm auf seine Seite verbuchen kann. Er frönt nämlich selbiges Hobby wie unser Superverkäufer. Beide haben eine Schwäche für´s Arschlochsein und es würde mich nicht wundern, wenn sie irgendwelche krummen Sachen ausbaldowern würden, die den Betriebsfrieden nicht unbedingt unterstützen. Karo ist ein so ultrarechter Zeitgenosse, daß er sogar für hartgesottene Nazis zu radikal ist. Seine Tätowierungen, die er gut verborgen unter der Kleidung trägt, veranschaulichen seine Gesinnung für den letzten Zweifler. Gelegentlich kann Karo ein recht netter Kerl sein, aber sobald es um Politik oder irgendwelche Minderheiten geht, rastet er verbal vollkommen aus. Nur gut, daß keine Kunden zu uns bzw. in die Hallen kommen. Was würden die für einen Eindruck von seinen Ausdrücken und von unserer Firma insgesamt kriegen. Allerdings wundere ich mich sehr, daß seine ausländischen Kollegen relativ problemfrei mit ihm auskommen. Ist es nun die Vernunft der anderen oder die Unkonsequenz von ihm, daß es bis heute noch zu keiner schwerwiegenden Reiberei gekommen ist. Es mag aber auch eher daran liegen, daß Karl Rose zum Glück nur ein aufgeblasener Maulheld ist.

Sein schlimmster Alptraum, den sich Karo vorstellen könnte, wäre wohl ein schwuler schwarzer Zigeuner aus der Türkei mit jüdischem Glauben und kommunistischer Gesinnung im Rollstuhl.

So einer sollte am besten mal als Kunde vorbeikommmen und unserem Karo mal den Arsch verhauen. Besser wäre noch, wenn er ihn und Ramsi zusammen in einem Sack stecken würde und mit dem Knüppel drauf haut. Man würde immer den Richtigen treffen.

Mit geballter Faust erhebe ich mich aus dem Stuhl und schaue wütend aus dem Fenster in Richtung Stahlblechhalle. Wo bleibt er nur? Am liebsten würde ich Dir den Hintern bis zur Halskrause aufreißen, wenn Du nicht bald hier bist. Oh, wie ich das hasse. In meinen innigsten Gedanken stelle ich mir mit befriedigender Genugtuung vor, wie ich mit meiner Faust in sein dämliches Ohrfeigengesicht schlage. Und wenn er daraufhin fragt "Warum?", gibt es gleich noch ein paar Hiebe dazu. Solange bis er lacht. Und dann traktiere ich ihn mit weiterer Prügel, weil er lacht. Jeder Schlag ein Treffer. Und jeder Treffer wirkt auf mich wie eine erlösende Befreiung. Sein Blut quillt tiefrot aus seiner Nase. Aus seinem geschundenem Mund fallen bereits die ersten Zähne. Dann gebe ich ihm noch ein paar Ellbogenchecks gegen seinen Kiefer bis dieser bricht und trete ihm mit meinem Knie in seine Weichteile. Sein Aufheulen und Jammern ist wie Musik in meinen Ohren. Sein Schmerz ist meine Freude. Sein Zusammenbrechen ist mein Triumph.

Schnaubend packe ich ihn fest am Kragen und schleudere ihn mit aller Kraft gegen die Regale. Dutzende von Aktenordnern fallen mit schwerer Last auf seinen Schädel und geben ihm ein übriges. Meine ganzen angesammelten Aggressionen richten sich vollends gegen Herrn Rahmsdorf.
Jeden Augenblick kann die Bestie in mir ausbrechen und großes Unheil anrichten. Dabei ertappe ich mich, wie ich mit meiner geballten Faust immer fester gegen meine linke flache Hand schlage. Noch sind es Gedanken, die ich in Zaum halten kann. Aber wo soll ich nur hin mit meiner Wut. Wohin mit dem ganzen Gefühl der Erregung?
Ramsi hat mir eigentlich nie etwas getan. Bis zum heutigen Tag hat er mich weder schikaniert, beleidigt oder sonstwie körperlich bzw. seelisch verletzt oder gedemütigt. Und vielleicht ist ja wirklich irgend etwas dazwischen gekommen, so daß er einen plausiblen Grund für seine Verspätung hat.
Aber meine Geduld ist langsam erschöpft. Ich brauche unbedingt ein Ventil. Nicht nur für meinen Hunger, meinen Durst und meine Blase. Nein, ich brauche dringend ein Ventil für meine angestaute Aggression und Frustration, bevor ich etwas anrichte, was ich eventuell bedauern könnte. Zusehends verwandle ich mich in eine tickende Zeitbombe, die mit jeder

Sekunde explosiver wird. Ich muß mich selber entschärfen. Ich muß Ruhe bewahren. Ich muß an etwas anderes denken.

Rückwärts bewege ich mich langsam vom Fenster weg, um dann allmählich wie ein Löwe im Käfig meine Runden in der Mitte des Raumes zu drehen. Es fällt mir sehr schwer ruhig zu bleiben und mich wieder entspannt auf den Stuhl zu setzen. Die Luft wird immer stickiger und fördert anscheinend meine Kopfschmerzen. Auch der seichte Geruch von Basslers Kohlrouladen dringt intensiv in meine Nase, um mich ganz konfus zu machen. Was würde ich jetzt nicht alles für eine bescheidene Portion Kohlrouladen tun. Welch eine Qual muß ich erdulden? Nervös tippel ich von einer Ecke zur anderen. Dann setze ich mich wieder auf den Stuhl um nach kurzer Zeit wieder aufzustehen und wieder hoffnungsvoll aus dem Fenster zu starren. Doch anstatt Ramsi zu sehen, bemerke schockiert, daß sich mittlerweile der Himmel ergraut hat. Vorbei ist es mit dem strahlend blauem Himmel und dem verführerischen Vogelgezwitscher, welches mir doch signalisierte herauszukommen, um mich an so einem schönen Tag an dem Herrlichkeiten der Natur zu erfreuen.
Statt dessen kreuzen langsam finstere Regenwolken über der Stadt, die leider immer mehr die Sonne verdecken und damit sowohl die Außentemperatur, als auch meine Laune um einige Grade nach unten drücken.

Pessimistisch lasse ich mich wieder auf den Stuhl nieder und harre den Dingen, die da noch kommen mögen. Verkrampft versuche ich ganz entspannt zu sitzen. Wiedereinmal blicke ich auf die Uhr und stelle fest, daß es bereits zwölf Minuten vor zwölf ist. Meine Zeit rieselt langsam aber allmählich dahin. Jede vergeudete Sekunde ist nicht nur ein weiter Weg der mich von etwas anderem abhält, sondern auch ein Stück nicht vollkommen ausgenutztes Leben. Denn auch meine Lebensuhr tickt synchron vor sich hin. Und man kann bis zu seinem Tod seine Zeit weitaus besser nutzen, als in diesem Käfig zu hocken. Ganz egal, ob ich 120 Jahre alt werde oder bereits nachher in meiner wohlverdienten Mittagspause in einer Regenpfütze ertrinke. Ich will Leben. Und zwar jetzt. Und solange es kein Fundbüro für verlorene oder vergessene Gelegenheiten gibt, muß jede Minute für sinnvollere Aktionen genutzt werden. Wenn ich daran denke, den ganzen Rest meines Erdendaseins für diese Firma zu verplempern, geht bei mir das Messer in der Hose auf. Jeden Tag, jede Woche, jeden Monat, alle Jahre wieder diese stupiden Tätigkeiten, wo man sich am Montag schon auf den Freitag freut und wo man am Donnerstag nicht mehr weiß, was man Dienstag gemacht hat.

Soll so etwa meine Zukunft aussehen? Ist das der wahre Sinn des Lebens? Als kleiner Angestellter die Vorgesetzten seiner Firma anbeten und hoffen, daß man bis zu seiner ungewissen Rente seinen Arbeitsplatz behält, den man eigentlich abgrundtief haßt.

Der Fehler liegt nicht im System. Das System ist nur die Antwort auf die Gesellschaft. Und die wiederum besteht aus einem selbst.

Weiser wäre es, den Job zu finden, der einem wirklich liegt. Der wirklich Spaß macht, auch wenn man dadurch eventuell nicht soviel verdient. Dann muß ich eben Kompromisse schliessen und an einer anderen Stelle sparen. Alles kann ich wohl auch nicht haben. Ein Lottogewinn und ein damit verbundenes Lotterleben wären absolut willkommen, aber weil das Leben nun mal kein Wunschkonzert ist, muß ich diese Möglichkeit weit nach hinten räumen. So weit nach hinten, daß ich mein Leben nicht darauf fixieren sollte, so gerne ich mir fast jeden Tag ausmale, was ich mit dem ganzen Geld machen würde und das ich mich dennoch beim Erfüllen meiner vielen Wünsche stark einschränken müßte. Je nach Höhe des Gewinns würde ich mir ein schnuckeliges Häuschen, ein paar schicke Autos und einige aufregende Reisen um den Globus leisten. Selbstverständlich würde ich mich für die Firma hier nicht mehr abbuckeln. Oder wäre es nicht doch interessanter als heimlicher Lottomillionär weiterhin arbeiten zu gehen, mit der Gewissheit, daß man immer absolut über den Dingen steht und nichts zu befürchten hat? Und sollte mir jemand dumm kommen, werde ich den ganzen Laden aufkaufen und den Querulanten im hohen Bogen auf die Straße befördern. Ab sofort wäre ich der Chef und hätte das Sagen. Auge um Auge und Zahn um Zahn. Und wenn ich erstmal meine unliebsten Untertanen um ihre Existenz gebracht habe, wird die Firma wieder verhökert. Ja, so müßte es sein. So macht es Spaß.

Ramsi wäre sicher eines der allerersten Opfer, die ich vor die Tür setzen würde. Doch bevor ich ihn rausschmeiße soll er in diesem mickrigen Raum Stunde um Stunde verbringen. Miese, kleine, schmutzige Aufgaben soll er hier verrichten, die keinen Sinn ergeben, aber durchaus reichen, ihm den Rest zu geben. Ich werde ihn solange schleifen bis er ein besserer Mensch und die Pünktlichkeit in Person geworden ist. Unter diesen Umständen, werde ich, wenn er Glück hat, es mir eventuell durch den Kopf gehen zu lassen ihm vielleicht zu begnadigen und ihm nicht zu kündigen. Daraufhin darf er mich nur in der dritten Person anreden und wird zum offiziellen Firmenlakaien umgeschult.

Unter meiner Herrschaft wird das Archiv in den Keller oder sonstwo verlegt und aus diesem Häuschen mache ich eine apartes Casino für die höheren Angestellten, damit man nicht mehr auf die Pommesbuden im hiesigen Umkreis festgelegt ist. Selbstverständlich arbeiten hier nur Spitzenköche, die mich und mein Elite-Personal von vorne bis hinten verköstigen. Das hat nicht nur den Vorteil, daß man die besten Gaumenfreuden serviert bekommt, sondert dient gleichermaßen einer besseren Überwachung meiner Mitarbeiter. Wenn alle in der Mittagspause in einem Raum sind, in dem ich ebenfalls anwesend bin, gibt es keine Verschwörungen und Intrigen. Wer nicht an diesem Ritual teilnimmt, macht sich schnell verdächtig und kann bei androhender Gefahr oder Leistungsabfall entsprechend selektiert werden.

Oben, wo sich jetzt Basslers Wohnung befindet sowie unter dem Dach, gäbe es eine Art Fitnessbereich mit diversen Ergometern, Gewichtsübungen, Sauna, Dampfbad, Whirlpool und Massageräumen. Nur die wirklich fleißigsten und motiviertesten Angestellten verdienen den Zugang zu diesem betriebseigenem Paradies mit Clubatmosphäre, welches entsprechend das Arbeitsklima und somit die Produktivität sowie Rentabilität des Unternehmens verstärken soll.

Nur wirklich zufriedene Mitarbeiter sind gute Mitarbeiter. Zum einen sollen sie mir als Chef absoluten Gehorsam und Respekt zollen und zum anderen sollen sie durch gute Behandlung effektive Ergebnisse vorweisen können. Das heißt: Zuckerbrot bei überdurchschnittlichem positiven Einsatz und Peitsche bei entsprechenden vermeidbaren Fehlern.

Dabei hat der ganze Traum allerdings einen großen Haken. Selbst wenn ich noch so viel Geld im Lotto oder sonstwo gewinnen würde, wäre der Erwerb der Ernst Stamm GmbH unerschwinglich. Das Büroinventar, die Lagerbestände, die Gebäude, der Fuhrpark sowie das Grundstück haben einen beachtlichen Wert von einigen Millionen Mark. Außerdem gehört der gesamte Betrieb einem Norddeutschen Stahlkonzern, der mir den lukrativen Laden bestimmt nicht zum Freundschaftspreis überläßt. Immerhin, so heißt es hier gerne, wäre die Ernst Stamm GmbH der Rolls-Royce unter den Stahlblechgroßhändlern.

Mittlerweile ist es fast zehn Minuten vor zwölf. Meine Geduld hat jetzt ein Ende. Ich will endlich wissen woran ich bin und wann Rahmsdorf hier eintrifft. Voller Zorn greife ich mir das Telefon um die Stahlblechabteilung anzurufen. Dort wird entweder Ramsi noch höchstpersönlich auf seinem fetten Arsch sitzen oder mir einer der dort Anwesenden verraten können, wo ich den alten Knaben antreffen kann. Da Ramsi als eine Art Handlungsreisender keinen festen Büroplatz hat und somit keinen eigenen Apparat bis auf sein dämliches Handy besitzt, rufe ich am besten Herrn Scheffkamp an.

Scheffkamp ist auch eher einer der Good Guys der Firma und mit seinem trockenen aber leicht charmehaften Humor besonders bei den weiblichen Kollegen durchaus beliebt. Mit seinem dunklem Teint und dem nackenlangen schwarzen Haaren, sowie seiner Schenkelbürste von Schnurrbart wirkt er auch teilweise wie ein klassischer hünenhafter Zuhälter. Zudem ist er immer schnieke gekleidet und trägt obendrein gerne das ein oder andere Goldkettchen. Seine Gestik ist vollkommen cool und in seiner Stimme klingt eine chronische Heiserkeit wie bei einem Mafiapaten mit. Ja, Scheffkamp ist irgendwie kultig und genießt durch seine lockere ungezwungene Art auch bei uns Auzubildenden ein hohes Ansehen. Das liegt aber auch unter anderem daran, daß wir oft Zeugen wurden, wie Herr Scheffkamp von Herrn Hess für kleine Fehler zur Rechenschaft gezogen und dafür öffentlich angepupt wurde. Doch Herr Scheffkamp steht absolut über den Dingen und pellt sich auf die Meinung von Herrn Hess ein Ei. Dies stimmt uns Azubis fast solidarisch. Zum einen haben wir Mitleid, zum anderen würden wir bei solchen Anlässen selber gerne so cool über den Dingen stehen können. Er verkörpert quasi vorbildliche Funktionen, derer wir uns gerne annehmen würden. Zudem hat er in der Stahlblechabteilung eher einen ruhigen Job und verdient trotzdem anscheinend sehr gut. Allerdings paßt sein Mittelklasse Kombi überhaupt nicht zu ihm. Man sollte dabei auch nicht vergessen, daß er trotz seines hochstilisierten Images immerhin Familienvater ist.

Ich kann mir gut vorstellen, daß er sich bei Ernst Stamm pudelwohl fühlt und in dieser Firma steinalt wird, auch wenn ich ihn nicht als Geschäftsführer oder Prokuristen sehe, obwohl er sicher für sein Leben gerne dieses Amt bekleiden würde, um die erste Silbe in seinem Nachnamen aller Ehre machen zu können.

Bereits nach nur zweimal tuten habe ich ihn höchstpersönlich am Hörer. Seine markante Stimme weist ihn sofort als Herrn Scheffkamp aus, ohne daß er sich mit Namen melden müßte. Ich schildere ihm kurz mein kleines Problem und frage nach dem Verbleib von Herrn Rahmsdorf. Scheffkamp ist offensichtlich sehr verwundert, daß ich schon so lange im Archiv warte. Seine Verwunderung klingt fast wie ein Vorwurf. Dennoch teilt er mir tröstlicherweise mit, daß Rahmsdorf vor einigen Minuten losgegangen sei und er wohl bald bei mir eintreffen werde. Da ich weiß, daß auch er kein großer Freund von Ramsi ist, wird er mir wohl die Wahrheit sagen und ihn nicht überweise decken. Zudem will er sich noch einmal bei seinen Kollegen im Büro erkundigen. Im Hintergrund höre ich, wie er tatsächlich die anderen befragt. Eine Stimme erwähnt irgendwas, doch ich kann nur Wortfetzen wie "vorhin" und "mal eben" aufschnappen. Gleich werde ich wissen was mit Ramsi los ist. Dann höre ich wieder deutlich Herrn Scheffkamp, der mir erzählt, daß er gerade erfahren habe, daß Herr Rahmsdorf auf die Schnelle was im Lager und dann im Versand erledigen wollte. Anschließend wollte er direkt ins Archiv kommen. Leicht genervt aber höflich, frage ich ob man die Ankunft im Archiv in einer Uhrzeit präzisieren könne. Herr Scheffkamp kontert, auch wohl um seine Ruhe zu haben, daß Herr Rahmsdorf spätestens in fünf Minuten, also um genau 11 Uhr und 55 Minuten bei mir sein wird. Falls er das dann nicht sei, dürfte ich ihm in seinem Namen in den Hintern treten. Ich entgegne ihm, daß ich noch etwas ganz anders mit ihm machen würde. Nun will Herr Scheffkamp von mir in seiner spitzfindigen Art und Weise genau wissen, was ich mit Ramsi anstellen würde. Doch ich bleibe vorsichtig und gehe dieser Frage nicht allzusehr im Detail nach.

Ihm reicht meine Bemerkung, daß ich mich bitter rächen würde, obwohl ich bis jetzt noch keinen blassen Schimmer habe, was ich alles mit ihm anstellen würde. Meinen Blutdurst muß ich ihm ja nicht unbedingt auf die Nase binden. Außerdem soll diese Drohgebärde ja offiziell nur signalisieren, daß ich sehr gereizt bin und das nicht jeder unbedingt mit mir den Molly machen kann.

Etwas versöhnt, weil ich ein klein wenig Dampf ablassen konnte, lege ich wieder auf. Mir wäre es recht, wenn man oben weiter erzählen könnte, daß ich hier unten schmachte und gefährlich wie ein angeschossenes Raubtier wirke. Schließlich begibt sich jeder der mir in der nächsten Stunden quer kommt in akute Lebensgefahr. Dabei ist es mir absolut scheißegal was die anderen von mir denken. Schließlich ist es allemal besser, für das was man ist gehaßt, als für das was man nicht ist, geliebt zu werden. Und nach diesen Erlebnissen würde sogar Mutter Theresa kleinen Kindern in den Hintern treten.

Aber die Zeit des Umbruchs ist gekommen. Ich werde jetzt ins Lager oder in den Versand gehen und mir diesen Rahmsdorf vorknöpfen. Es reicht wenn ich ihm den Schlüssel zum Archiv überreiche und ihn verbal zusammenscheiße. Ich werde ihm sagen was ich von ihm halte und was er für ein kleines Licht in der Firma sei und was sogar die anderen von ihm denken. Ich werde ihn vor allen Anwesenden bloßstellen. Der kann doch nicht glauben, daß ich stundenlang auf ihn extra warte, bis er sich mal bequemt hier irgendwann mal zu erscheinen.

Hastig und schäumend vor Wut packe ich meine Utensilien

zusammen um endlich diesen Hort der Verdammnis zu verlassen.

Doch im gleichen Augenblick bricht ein gewaltiger Platzregen los. Gewaltige Wassermassen plätschern zu Boden und lassen eine Unzahl von großen Blasen entstehen. Durch den leichten Wind prasseln tausende von Tropfen mit lautem Getöse an die Fenster.

Wenn ich jetzt rausgehe, werde ich naß bis auf die Knochen. Selbst die paar Meter bis zum Lager werde ich nicht mit einem trockenen Faden am Leib überstehen.

Aber eigentlich mußte es ja so kommen. Es war ja auch irgendwie klar, daß es ausgerechnet dann schütten muß, wenn ich gerade raus will. Den ganzen lieben langen Vormittag scheint die Sonne verführerisch vom Himmel um alle Menschen zum Baden, Wandern, Spazierengehen, Bötchenschippern, Fahrradfahren, Sporttreiben, Picknicken, Pimpern und sonstwas einzuladen und ausgerechnet dann, wenn ich die Möglichkeit habe, etwas davon genießen zu können, muß es in Strömen regnen.

Das ist die gleiche Gesetzmäßigkeit, wie wenn ich in die Badewanne steige und nach kurzer Zeit das Telefon klingelt. Postiere ich es in weiser Voraussahnung direkt neben der Wanne, bleibt es bis zum Badeende stumm.

Außerdem fallen Marmelade- oder Honigbrötchen, wenn sie schon fallen müssen, automatisch immer auf die beschmierte Hälfte. Am besten dann noch auf den Teppich. Und hätte ich vorhin prophylaktisch einen Schirm mitgenommen, selbst wenn der Himmel schwarz vor fast berstenden Regenwolken gewesen wäre, würde jetzt nicht der kleinste Tropfen runterfallen.

Ich fühle mich gefangener denn je. Auch wenn Ramsi in diesem Augenblick zur Tür hereinkommen würde; wovon ich nicht ausgehen werde, denn gerade bei diesem Katastrophenwetter wird er schön im Trocknen warten um einen geeigneteren Moment für seinen Archivbesuch zu finden; werde ich wohl vernünftigerweise besser nicht hinausgehen.

Was wird wohl eher eintreffen? Herr Rahmsdorf oder das Ende des Regens?

Au Mann, wäre ich doch bloß schon früher auf die Idee gekommen, bei Herrn Scheffkamp anzurufen. Dann könnte ich mir diese scheiß Warterei nun wirklich ersparen. Dann könnte ich bereits an den Kühlschrank in der Abrechnung plündern. Spontan fällt mir wieder das nicht existierende Fundbüro für verlorene Gelegenheiten ein.

Ich wüßte schon, wonach ich suchen würde. Wenn man doch bloß einen bestimmten Zeitabschnitt in seinem Leben nocheinmal wiederholen könnte. Natürlich auch mit dem heutigen Wissen. Würde ich bis zu den letzten fünf Minuten gehen? Oder doch eher in meine frühere Vergangenheit. War es ein Fehler gewesen diese Ausbildungsstätte anzunehmen? Oder hätte ich mich für ein Studium entscheiden sollen? Einer meiner exklusivsten Fehler, war wohl das Abhandenkommen meiner sauteuren Fotoausrüstung auf diesem dämlichen Bahnhof. Hätte ich damals ein klein wenig mehr aufgepaßt, wäre ich wohl noch im vollständigen Besitz meiner Spiegelreflexkamera, dem Blitzlicht und den diversen Objektiven. Von den belichteten Filmen erst ganz zu schweigen. Es sind zwar nur materielle Werte, aber man hängt trotzdem daran. Vor allem wenn man es durch die arrogante Versicherung nicht ersetzt bekommt. Gut, der belichtete Film war leider durch kein Geld der Welt zu ersetzen. Die Aufnahmen hätte ich mir doch zu gern einmal angesehen. Wer weiß, wie toll die geworden sind. Hätte ich damals mal besser auf meine Sachen aufgepaßt!

Tja, aber wo liegen nun die entscheidenden Fehler die ich überhaupt mal im Leben gemacht habe und die ich nun anders machen würde? Da muß ich lange überlegen. Allerdings wird mir da etwas bewußt. Mit Schrecken denke ich an meine Operation der Weisheitszähne. Das war erst vor gut einem Jahr. Ich hatte höllische Zahnschmerzen, aber keine genaue Erklärung dafür. Erst ein Notzahnarzt konnte anhand von Röntgenbilder die Ursache erkennen. Ein Weisheitszahn wuchs schief und drückte auf den Nerv der Anderen. Auch ein unterer Weisheitszahn entpuppte sich als fehlerhaft, weil er waagerecht gewachsen war und somit ebenfalls entfernt werden mußte. Zum Glück bin ich an einen sehr guten Kieferorthopäden überwiesen worden, der sich dem Problem behutsam annahm und beide Weisheitszähne gekonnt herauszog. Dabei mußte der untere Übeltäter zersägt und dann herausgebrochen werden. Der Eingriff verlief einwandfrei, aber trotzdem war es für mich sehr unangenehm. Das Gefühl des Zersägens und des Herausbrechens werde ich so schnell nicht vergessen, obwohl eigentlich die Betäubungsspritze am meisten weh getan hat. Danach mußte ich meine Backe kühlen und konnte erst nach vielen vielen Stunden wieder richtig Essen und Sprechen. Dennoch war ich froh an diesen Professor Doktor Biermann geraten zu sein, der sein Handwerk exzellent versteht.

Trotzdem möchte ich diese Prozedur nicht noch einmal über mich ergehen lassen müssen. Während der Operation dachte ich mit einem sehr unbehaglichen Gefühl sogar daran, eventuell in eine Zeitschleife geraten zu können, so daß sich der Zeitraum von zehn Minuten Zersägen und Zerbrechen ständig wiederholt und ich nichts dagegen tun kann. Nein, diese relativ schmerzvollen Erlebnisse brauche ich als absoluter Non-Masochist nicht noch mal.

Und egal wie sehr ich meine Vergangenheit ändern würde, an dieser Strapaze würde kein Weg dran vorbei führen, da ich absolut keinen Einfluß drauf hatte. Wer kann schon das Wachstum seiner Weisheitszähne beeinflussen?

Außerdem soll man seine Fehler nicht in der Vergangenheit suchen, sondern in der Gegenwart. Klar, je früher man seine Fehler macht, umso länger kann man von ihnen lernen. Doch die Gegenwart ist nachwievor die beste Zeit, um die Zukunft mit der aktuellsten Entscheidungsmöglichkeit zu gestalten.

Selbstverständlich hat auch die Vergangenheit Auswirkung auf die Zukunft. Aber nur in der Gegenwart kann ich diese Auswirkungen wiederum verändern. Oder auch lassen. Damit hätte ich auch schon wieder Einfluß, auf das, was noch geschehen wird. Jeder will eine gute Gegenwart und sehnt sich nach einer noch besseren Zukunft. Die eigene Vergangenheit spielt für einen selbst dabei doch eine absolut unwichtige Rolle.

Allerdings ist es gerade die Vergangenheit, die so manch einen Menschen interessant macht. Wo kommt er her? Was hat er gemacht? Was hat er verbrochen? Was für Leichen hat er im Keller?

Was aus dem Menschen mal später wird, interessiert eigentlich die allerwenigsten. Oder nur die, die einem sehr Nahestehen.

Meine Zukunft interessiert mich natürlich auch mehr als meine Vergangenheit, obwohl ich mich gerne in meine angenehmsten Erinnerungen suhle. Doch gespannt warte ich auf das, was noch kommen wird. Jeder Tag eine neue Überraschung, eine neue Herausforderung. Dabei möchte ich gar nicht im Vorfeld wissen was passieren wird. Man stelle sich einmal vor, man bekommt ein Buch in die Hände, wo das persönliche Leben im Detail von der Geburt bis zum Tod protokolliert ist. In dem man genau nachlesen kann, was in welchem Alter an welchem Ort mit einem passiert ist oder noch passieren wird. Ein sehr unangenehmer Gedanke, wenn man genau weiß, welch harte Schicksalsschläge noch einen erwarten würden.

Eigentlich unmöglich, weil man ja dann wiederum sein Leben anhand der neuen Daten manipulieren könnte, so wie bei unerwünschten Horoskopen oder Wahrsagerei. Soll etwas eintreten was man nicht will, kann man sich dem einigermaßen entziehen. Wenn ich weiß, daß ich morgen vom Bus überfahren werden soll, werde ich mich nicht auf die Straße begeben bzw. das Haus nicht verlassen. Entsprechend kann ich dann aber nicht nachprüfen, ob es ohne mein zutun eingetroffen wär.

Bei androhenden Krankheiten sähe das allerdings anders aus. Dem ist man relativ hilflos ausgesetzt. Vielleicht ist es besser, vorher nicht zu wissen welches Schicksal einen erwartet. Ich werde es ja ohnehin erleben. Und wenn ich mit dem Schlimmsten rechne, kann ich im Prinzip nur positiv überrascht werden. Man sollte sowieso versuchen aus jeder Situation das Beste zu machen. Auf der einen Seite ödet mich diese blöde Warterei ziemlich an. Auf der anderen Seite habe ich genügend Zeit, um in mich zu gehen und meinen Gedanken mal freien Lauf zu lassen.

Ein privates Brainstorming. Vielleicht war es auch mal höchste Zeit, selbige für sich zu finden. Einfach mal abschalten und die Seele baumeln lassen.

Aber soll man sich dem Schicksal immer so ergeben? Soll man alles so hinnehmen und sagen: "Danke, ich bieg´s mir schon zurecht!"?

Manchmal würde ich nur allzugern diesem Schicksal ordentlich in den Arsch treten. Nach welchen Maßstäben hat einer immer nur Glück und der Andere immer nur Pech. Wer verteilt diese

Ungerechtigkeit?

Ist es das kosmische Karma? Die These das alle Menschen ihr jetziges Dasein aus ihrem Vorleben schöpfen? Bekommt jeder seine Quittung für alles Gute und alles Schlechte was man jemals getan hat? Sitzt da irgendwo einer und zählt alle Taten zusammen und beurteilt diese in Schulnoten? Ist jede Situation, die man "zufällig" im Leben durchläuft nichts als eiskaltes Kalkül von höheren Mächten? Ist jeder Tag und jede Stunde eine praktische Prüfung vor unserem Schöpfer? Eine Prüfung für was? Für ein neues, für ein anderes Leben? Und sitzen wir alle nach unserem Ableben in einem großen Wartesaal, um uns dann vor dem jüngsten Gericht für unser Tun und Handeln zu rechtfertigen? Und werden dann die Karten neu gemischt? Jeder darf mal als Mann, Frau, Armer, Reicher, Gesunder, Kranker, Guter, Böser, Geschickter, Ungeschickter, Schöner, Häßlicher, Kluger, Dummer, Fleißiger, Fauler, Glückspilz, Pechvogel, Weißer, Farbiger, Christ, Heide, Jäger, Sammler, Städter, Dörfler, Faschist, Bolschewist, Blinder, Tauber, Master, Servant, Fischer, Bauer, Täter, Opfer, Räuber, Gendarm, Chef, Angestellter, Politiker, Arbeitsloser, Mensch und Tier, Erdling und Alien quer durch alle Epochen und Kontinente seine Lebensrolle spielen. Ist es so? Oder ist alles nur ein überdimensionaler Witz und wir sind wirklich nur Fliegendreck auf Gottes Windschutzscheibe? Wie sieht eigentlich Gottes Tagesablauf ab? Sitzt er den ganzen lieben langen Tag auf einem Thron und spielt an seinem Rauschebart. Oder geht er einer geregelten Arbeit nach? Hat er auch so ein tolles Archiv in dem alle Seelen dokumentiert und katalogisiert sind? Sitzt er auch am Fenster des Universums und weiß nicht wie er seine Zeit vertreiben soll? Hat er eine 40 Stunden Woche oder ist für ihn persönlich die Zeit ein nicht vorhandener Begriff der nur für andere zutrifft? Weiß er über jede Seele genau Bescheid oder hat er da seine Angestellten, die sich um Detailfragen kümmern? Gibt er seinen Leuten mal frei oder sogar Urlaub? Oder muß man als Engel rund um die Uhr zur Verfügung stehen? Treten Engel auch mal in den Streik oder haben sie Muffen vor ihrem Chef?

Es muß bestimmt sehr unangenehm sein, Gott als Chef zu haben. Er sieht alles, er hört alles, er weiß alles. Man kann ihm nichts vormachen oder verheimlichen. Und wenn er erzürnt ist, fliegen sicherlich die Fetzen und man ist seinen Posten als Engel los.

Und als gefallener Engel kann man höchstens noch Karriere bei der Konkurrenz machen. Und da ist der oberste Boß sicher auch nicht netter, wenn mal schlampig gearbeitet wird.

Allmählich gehen wir auf 11 Uhr und 55 Minuten zu. Nur noch wenige Sekunden braucht der Sekundenzeiger um auf die Zeit zu kommen, wo mir sogar Herr Scheffkamp garantierte Schützenhilfe gegen Herrn Rahmsdorf zusichern würde. Da es draußen noch wie von Sinnen schüttet und mit einem baldigen Auftritt von Ramsi nicht zu rechnen ist, schaue ich mit einem leicht wütenden aber dennoch erhabenen Gefühl auf die Uhr. Sicherheitshalber visiere ich auch meine Armbanduhr an. Erst jetzt stelle ich zu meiner großen Überraschung fest, das sowohl der Archivchronometer als auch mein Zeiteisen am Handgelenk absolut synchron laufen. Das heißt, beide Sekundenzeiger zeigen sozusagen gleichzeitig 32, 33, 34, 35 Sekunden an. Da sitze ich fast eine Stunde mit diesen Uhren, die mir die ganze Zeit den Takt angeben und jetzt erst merke ich diesen Gleichlauf. Seltsam, daß mir das nicht schon zu Beginn aufgefallen ist. Mhm, beide sind immer noch synchron und ich habe das Gefühl das beide gleich langsamer geworden sind. 41, ..., 42, ..., ..., 43, ..., ..., 44, ..., ..., ..., ..., 45.

Merkwürdig. Bei Beiden scheint die Zeit jeden Augenblick, also gleich stehen zu bleiben. Oder sind es die Batterien? Meine jedenfalls sind erst vor einigen Wochen eingesetzt worden.

Eigenartig. Auch der Regen fällt nun langsamer. Oder zumindest nicht mehr so intensiv. Oder bilde ich mir das alles nur ein? 46, ..., ..., ..., ..., ..., 47, ..., ..., ..., ..., ..., ..., ..., ..., ..., 48, ..., ..., ..., ..., ..., ..., ..., ..., ..., ..., ...

Nein, das kann doch nicht sein. Ich verstehe jetzt gar nichts mehr.

Wieso läuft auf einmal auf beiden Uhren die Zeit spürbar langsamer?

Eine dritte Uhr könnte mir vielleicht mehr Bestätigung geben.

Ich könnte ja auch die Zeitansage anrufen um mich zu vergewissern. Aber das ist ja leider von diesem Telefon aus nicht möglich. Ich könnte ja auch einen Kollegen anrufen und fragen ob sein Sekundenzeiger genauso langsam läuft wie meiner. Dann fragt man mich sicherlich, ob meine Gehirnzellen vielleicht so langsam arbeiten. Egal welche Lösung ich für welches Problem verlange. Man ist stets dabei sich zum absoluten Deppen zu machen.

Eine alte Schulweisheit besagt zwar: "Wer fragt ist ein Narr für 5 Minuten, wer nicht fragt ist ein Narr für immer"

Und Herr Hügs erwähnt immmer, das es keine dummen Fragen, sondern nur dumme Antworten gibt.

Genau, dumme Antworten könnte ich hier zuhauf bekommen. Und obendrein kann ich mich damit zum allgemeinen Narr bis an Ende meiner Ausbildungstage und darüber hinaus machen.

51, ..., ..., ..., ..., ..., ..., ..., ..., ..., ..., ..., ..., ..., ..., ..., ..., ..., ..., ...,
..., ..., ..., ..., ..., ..., ..., ..., ..., ..., ..., ..., ..., ..., ..., ..., ..., ..., ...,
52.

Es wird zunehmends unheimlich. Aber nach all dem was ich an diesem Vormittag hier erlebt habe, wundert mich wirklich überhaupt nichts mehr. Es fehlt nur noch, daß die Zeiger gleich total stehenbleiben oder sogar rückwärts laufen. Und dann steigt der Regen wieder vom Boden hinauf in die Wolken. Uns erwartet dann statt der Zukunft die Vergangenheit, auf die wir unaufhaltsam bis zum Urknall zurückrasen. Es gibt kein Morgen und kein Gestern sondern nur noch die Tage davor.

53, ..., ..., ..., ..., ..., ..., ..., ..., ..., ..., ..., ..., ..., ..., ..., ..., ..., ..., ...,
..., ..., ..., ..., ..., ..., ..., ..., ..., ..., ..., ..., ..., ..., ..., ..., ..., ..., ...,
..., ..., ..., ..., ..., ..., ..., ..., ..., ..., ..., ..., ..., ..., ..., ..., ..., ..., ...,
..., ..., ..., ..., ..., ..., ..., ..., ..., ..., 54.

Beruhigt stelle ich fest, daß die Zeit noch weiterzulaufen scheint. Oder läuft sie nur für mich langsamer. Bin ich der Einzige, für den die Zeit unaufhaltsam langsamer läuft. Ist draussen alles normal und ich selber erlebe alles in Zeitlupe. Ich muß meinen Blick von den Uhren weg richten. Ich darf nicht sehen, wie die Sekunden im Minutentakt vergehen.

Links, fast in der Ecke, entdecke ich einen alten Kalender an der Wand. Ich weiß zwar, daß er existiert, aber ich habe ihn mir noch nie so genau angeschaut.

Es zeigt ein großes Foto von einem alten Häuschen und einer hügeligen Landschaft mit alten verdorrten Bäumen. Die Felder laden geradewegs zu einem ausgeweiteten Spaziergang ein.

Man kann auch fast die paar lieblichen Blumen am Wegesrand riechen. Allerdings ist der Himmel stark bewölkt und es scheint, als wenn gleich irgendwo ein Blitz einschlagen würde. Zudem wirkt die Szenerie ein wenig windig. Das Bild steht stellvertretend für den Monat September, was man anhand des eigentliches Kalenderblattes entnehmen kann. Allerdings von einem September, der genau 21 Jahre her ist. So alt ist nämlich dieser Kalender schon, wie ich es gerade entnehmen kann. Hey, genauso alt wie ich. Da ich am 1. Januar Geburtstag habe, kann man eigentlich wirklich sagen, daß der Kalender seit meiner Geburt hier hängt und seine Funktion erfüllt.

Seit 21 Jahren... Wow. Seit 21 Jahren hängt dieser Kalender in diesem Raum hier herum und wurde nicht gegen einen neuen ausgetauscht. Demzufolge wurde dieser Raum auch seit mindestens 21 Jahren nicht mehr großartig renoviert. Unfaßbar. In all den Jahren, in dem ich mein ganzes Leben genossen und gelitten, gelernt und vergessen habe, hing dieser Kalender da an dieser Wand. Tag ein, Tag aus. Kein Wunder, daß die Farben recht ausgeblichen wirken und das bedruckte Papier mehr gelb als weiß schimmert. Ich muß doch mal aufstehen um mir das genauer zu betrachten.

Aha, der Kalender war wohl ein altes Werbegeschenk der Firma K.T.H. Stahl, wie man hier lesen kann. Das scheint wohl der Vorläufer von K. Romskow & K.T.H. Stahlkontor, der Mutterfirma der Ernst Stamm GmbH zu sein.

Interessant, äußerst interessant. Zuerst gab es fleißig Werbegeschenke und dann wurde der ganze Verein hier aufgekauft und übernommen.

Auf dem Foto kann ich nun erkennen, daß es sich nicht um ein gewöhnliches Haus, sondern um einen alten Gasthof handelt. Seltsames Motiv. Was steht denn da über der Eingangstür? Ah, Gasthof Wagenbach. Moment, Wagenbach? Da wird doch wohl nicht etwa der gute Herr Wagenbach mit zu tun haben? Was für ein Zufall! Oder hat der das Kalenderblatt hier aufbewahrt, weil dort zufällig sein Name draufsteht oder hat das etwa eine tiefere Bedeutung? Uiuiui!

Das ist ein Ding! Was für Motive zeigen denn die anderen Monate?

Voller Neugier versuche ich mir die anderen Blätter anzusehen.

Jedoch stelle ich enttäuscht fest, das es in diesem Kalender keinen Oktober, November oder Dezember gibt. Auch keine Spur von den vorangegangen Monaten. Es gibt nur noch eine dünne Pappwand, an die der Haken zum Aufhängen befestigt ist. Dafür entdecke es auf der Septemberrückseite ein paar handgeschriebene Zeilen:

Leise tickt die Zeit von dannen,
niemand hält sie für uns auf.
In Kalendern möchte man sie fangen,
auf Uhren sieht man ihren Lauf.
Wir richten unser ganzes Leben
nur noch auf die Zukunft ein.
Doch die beste Zeit ist jetzt gegeben
und so wird es immer sein.
Die Vergangenheit soll uns nur lehren,
was wir heute besser tun
und dieses Wissen weiter geben
damit wir Morgen bequemer ruhn.
Doch wehe wenn die Zeit sich rächt,
welch Qualen man erleidet.
So grausam nie ein Henker brächt
sein Opfer zum Verzweifeln.

Ein Gedicht! Wie sinnig! Der unbekannte Verfasser schreibt mir aus der Seele. Es scheint wirklich so, als hätte Herr Wagenbach nur diesen September aufheben wollen. Einer der Tage ist sogar mit einem Stift unterstrichen. Jau!!! Und wie es der Zufall so will, ist es der 5. Quasi der heutige Tag vor 21 Jahren. Alter Schwede. Das wird nun doch zuviel für mich. Wenn ich nicht wüßte, daß ich in meinem gegenwärtigen Zustand hellwach bin,
könnte es mir alles wie ein übler Traum vorkommen. Ich glaube, ich wiederhole mich, wenn ich erwähne, daß ich kurz davor bin einen Nervenkasper zu bekommen.
Irgendwie stelle ich mir selber zuviel Fragen die unbeantwortet bleiben. Vielleicht ist heute ja Wagenbach´s Geburtstag. Das wäre zumindest eine Erklärung. Aber soweit ich mich einigermaßen erinnern kann, hat er doch bereits im Sommer seinen

Fünfzigsten gefeiert. Das kann also auch nicht ganz hinkommen.

Ach was zerbreche ich mir eigentlich über so einen Nonsens den Kopf. Ich werde Herrn Wagenbach nachher ein paar Fragen stellen, und dann werde ich ja wissen was es mit dem ein oder anderen Geheimnis hier auf sich hat.

Uiii! Da fällt mir ja noch die Sache mit den beiden Uhren von vorhin ein. Schnell mal schauen, ob sie stehen geblieben oder sonstwas sind.

Oh, genau 11 Uhr und 55 Minuten. Die symbolische 5 Minuten vor Zwölf Stellung. Die Uhrzeit, die im übertragenden Sinne andeutet, daß es für die Lösung von großen Problemen allerhöchste Eisenbahn ist.

Wie ich feststelle, schiebt der Sekundenzeiger wieder ganz normal seine Runden. Sogar auf beiden Uhren. Ein beruhigendes Gefühl, wenn auch nicht verständlich. Und Herr Wagenbach wird mir dieses bestimmt nicht erklären können. Wenn der bei jedem Archivaufenthalt solche Eskapaden mitmachen muß, müßte er entweder für die Klappsmühle überreif oder der abgebrühteste Archivar unter Gottes Sonne sein. Es macht für mich heute keinen Sinn mehr, nach irgendwelchen Mysterien zu forschen. Ich bin schon zu müde. Zu erschöpft. Mein Kopf plagt mich mit Schmerzen. Außerdem hat mich der Gasthof auf dem Foto an meinen großen Hunger und meinen Durst erinnert.

Ich kann es kaum noch abwarten, nachher zum großen Allkauf in die Kantine zu gehen und mir da den Bauch vollzuschlagen. Vom Fenster aus, leicht links hinter unserem Versand, kann ich die Rückseite des Marktes mit dem großen Parkhaus gut erkennen.

Nur zu gern wäre ich dort, um meine Gelüste zu stillen. Ich weiß noch gar nicht, was ich mir eigentlich bestellen soll. Die Auswahl ist relativ überschaubar. Aber im Prinzip gebe ich meinen Speisewunsch erst im letzten Augenblick, wenn ich unmittelbar mit meinem Tablett vor dem bedienenden Chefkoch stehe, an. Erst dann habe ich mir einen korrekten Überblick über das Sortiment verschafft. Einige Mahlzeiten werden in unregelmäßigen Abständen als Tagestip angeboten. So zum Beispiel das Schnitzel auf Holsteiner Art, mit einem Spiegelei über dem panierten Fleisch. Dazu gibt es schmackhafte Bratkartoffeln mit gerösteten Zwiebeln. Bei diesem Gedanken wird mir schon ganz schummerig. Ein wahrhaft erfreulicher Gedanke. Weniger erfreulich ist das jederzeit zu Verfügung stehende Jäger- oder Zigeunerschnitzel. Die Einheitssoßen sind sogar für meinen Junk-Food-Kost gewöhnten Gaumen eine absolute Zumutung. Und nach dem Essen liegt das Zeug wie Blei im Magen, was sich nicht gerade als Motivationsschub für den weiteren Arbeitstag herausstellt. Ich habe sowieso gemerkt, dass die gesamte Belegschaft am Nachmittag eher träge ihrer Tätigkeit nachgeht.

Dabei essen noch längst nicht alle in der hiesigen Kantine ihr Mittagsmahl.

Der einzige Vorteil den man hier hat, ist zum einen die direkte Nachbarschaft zu unserer Firma und der zweite Vorteil, ist die monopolistische Akzeptanz unserer Essenmarken, die allen Mitarbeitern von Ernst Stamm im Werte von 1 Mark 50 pro Arbeitstag ausgegeben werden. Diese Marken kann man auch im Hypermarkt selber an der Kasse gegen gekaufte Ware anrechnen lassen. Dabei müssen es nicht unbedingt Lebensmittel sein, die man dort erwirbt. Für einige zusammengesparte Essenmarken, konnte ich mir schon die ein oder andere CD aus der Musikabteilung leisten. Die Auswahl dort ist zwar im Verhältnis zu richtigen Plattenläden äußerst mager und mit viel teuren Kommerzschund versehen, jedoch ist es immer noch besser als einer verführerischen Flut von Süßigkeiten oder Knabberkram nachzugeben. Sicher habe ich mich hier schon mit ordentlich Schokolade, Keksen und Kartoffelchips eingedeckt, aber das sollte nicht zur Regel werden.

Eine Alternative zu diesem Mittagsprogramm bieten einige Imbißbuden, die jedoch etwas ferner plaziert sind, so daß man nur mit seinem Auto oder einer kleinen kollegialen Fahrgemeinschaft hin gelangt. Dort werden unsere Marken zwar nicht akzeptiert, aber dafür ist insgesamt gesehen die Auswahl an Nahrungsmitteln ein wenig vorteilhafter.

Und wenn es ein bißchen aufwendiger sein darf, insbesondere

bei den Kollegen von den beiden Verkaufsabteilungen, darf es hin und wieder auch mal ein Restaurantbesuch sein. Und wenn der zuständige Prokurist mal ein Auge zudrückt, darf die Pause standesgemäß auch etwas überzogen werden. Wenn man als Auszubildender gerade einer dieser Abteilungen in Form seines Lehrprogramms durchschreitet, wird man zwar bei diesen Ritualen durchaus geduldet, jedoch muß man für seine Zeche wie jeder andere auch, selber aufkommen, was anhand des überaus differenzierten Einkommens das Vergnügen durchaus schmälert.

Eigentlich verbringt man seine gesegnete Mittagspause eh nicht mit den Deppen, die einen schon in der Arbeitszeit nerven. Lieber will man für sich alleine seine verdiente Ruhe genießen oder mit den anderen Auszubeutenden herumtratschen. Dabei regt man sich über diverse Vorgesetzte und deren Macken oder den Mißgeschicken der anderen Mitarbeiter auf. Interessant, daß fast immer wieder dieselben Namen fallen. Ja, jeder hat so seine Lieblinge. Und jedesmal überlegt man sich, wie man es dem einen oder anderen mal so richtig heimzahlen kann. Leider bleibt es nur bei gedanklichen Rachegelüsten. Jeder von uns wartet irgendwie insgeheim darauf, daß einer von uns Auszubildenden mal durchdreht und seinem Spezi mal vor versammelter Mannschaft gehörig in die Fresse haut.

Mein aktueller Spezi hält sich vermutlich direkt vor mir, ca. 50 m Luftlinie entfernt, in dem flachen weißen Versandgebäude auf. Dort wartet Ramsi und harrt den Dingen. Erst wenn der Regen erheblich nachgelassen oder sogar gänzlich aufgehört hat, wird er langsam seinen Hintern hierher bewegen. Doch in diesen Sekunden wird er sich einen heißen Kaffee nach dem anderen in seine schmierige Kehle bechern. Bestimmt erzählt er gerade den Versandkollegen von seinen rühmlichen Heldentaten oder wen er angeblich alles kennt und welche Beziehungen er spielen lassen könnte. Dabei bezieht er sich auf irgendwelche Leute, nach dem Schema: Der Bruder meiner Freundin kennt jemanden, dessen Cousin einen Nachbarn hat, dessen Schwager der Saufkumpan von jemanden ist, dessen Onkel wiederum dem Freund eines Freundes mal geholfen hat, der mit einer Frau verheiratet ist, die früher mal mit jemanden zur Schule gegangen ist, der wiederum der Vater von einem Typen ist, dessen Arbeitskollegin jemanden kennt, dessen Schwester mal neben jemanden saß, der einen Untermieter hat, dessen Chef mal mit einer Frau liiert war, deren Mutter später einen Knacki geheiratet hat und dessen Tante wird von einem Metzger beliefert, der einen Sohn hat, der wiederum von einem Arzt betreut wird, der zusammen mit einem anderen Patienten im Urlaub war und dort einen Mann kennengelernt hat, dessen Tochter jemanden kennt, dem dies und das mal passiert ist oder eventuell mit ganz viel Glück und wenn nichts schiefläuft vielleicht unter guten Umständen dies und das besorgen kann. Zu überwiegend 99% kann er es dann doch aus irgendeinem Grund nicht besorgen, obwohl sich angeblich Ramsi ganz besonders dafür eingesetzt hat.

Ja, so ist nur er. Und wenn ich jetzt im Versand anrufe um ihn sprechen zu wollen, wird er entweder durch einen erfundenen Vorwand nicht zu sprechen sein oder er vertröstet mich darauf, daß er gleich sobald sich das Wetter bessert oder er entbehrlich sei, zu mir kommen würde.

Alles leeres Geschwätz. Am liebsten würde er sich bis zum Feierabend oder sogar bis zu seiner Pensionierung verdrücken.

Ein Anruf bringt eigentlich garnichts. Sobald es draußen etwas trockener wird, gehe ich selber zu ihm in den Versand um ihn den Schlüssel gebührend zu übergeben.

Ein Tritt in seine fünf Buchstaben würde uns allen dabei ganz gut tun.

Die Kollegen im Versand würden bestimmt große Augen machen. Sowas bekommen die Schnarchnasen dort nicht alle Tage zu sehen. Von allen Abteilungen sind sie die mit Abstand erbärmlichsten Geschöpfe. Für die normalen Bürokollegen aus dem Hauptgebäude sind sie fernab und gehören zu den Aussätzigen. Vor allem die Angestellten aus den Ein- und Verkaufsabteilung sind durch einige unbeholfene Versandaktionen nicht gut auf dieses Department zu sprechen. Und für die Arbeiter aus dem Lager sind es wiederum gewöhnliche Sesselpupser, die man nicht ernst nehmen kann. Hinzu kommen noch diverse LKW-Fahrer aus den eigenen Reihen oder anderen Firmen bzw. Speditionen, die neben ihrer Fracht auch ihren ganzen Frust im Versand abladen.

Oft stehen dort massenweise fremdländische Kapitäne der Landstraße in ihren verschwitzen Klamotten und beschweren sich über die Auf- und Abladebedingungen. Teilweise ist es sehr schwierig sie zu verstehen, wenn sie sich in ihrer Heimatsprache artikulieren oder bestenfalls gebrochenes Englisch oder deutsche Sprachfetzen von sich geben. Die meisten von ihnen fühlen sich übervorteilt, wenn angeblich andere Laster vor ihnen dran sind, die eigentlich nach ihnen gekommen sind. Dann muß man ihnen mit Händen und Füßen erklären, daß alles seine Richtigkeit hat, denn der eine muß halt mit Rohren in dem einen Lager beladen und der andere wiederum in der anderen Halle mit Blechen entladen werden.

Dramatischer wird es, wenn kurz vor 16.00 Uhr noch ein fremder LKW gehetzt anrückt und man dem Fahrer in Beamtenmanier klarmachen muß, daß ihn niemand mehr bearbeiten kann, da alle Kollegen aus dem Lager gleich Feierabend haben und das er gefälligst morgen früh wieder kommen möchte, wenn das Lager wieder öffnet.

Fast ist man als Augen- und Ohrenzeuge dazu angehalten, das abgeänderte Paulchen Panther Lied
"Wer hat an der Uhr gedreht,
 ist wirklich schon so spät.
 Soll das heißen, ja ihr Leut´
 mit Versand ist Schluß für heut´?
 Doch heute ist nicht alle Tage,
 wir öffnen wieder, keine Frage!"
anzustimmen.

Die Fahrer sind in diesen Augenblicken alles andere als cool und überkübeln den armen schmächtigen und immer leicht nervösen Herrn Meier, der im Normalfall die Abfertigung erledigt, mit internationalen Flüchen. Wenn es zu heftig zugeht, schaltet sich der resolute Herr Bilk im cholerischen Tonfall wie ein beißwütiger Hund dazwischen. Mit seiner väterlichen Art, sowie den schlohweißen Haaren und seinem Pfeifenset, wirkt er wie eine Blacky Fuchsberger Ausgabe für Fußgänger.

Allerdings eine eher unsympathische Ausgabe. Auch ich bin schon das ein oder andere mal mit ihm zusammengestoßen und wenn ich mit irgend jemandem hier in diesem Laden laute Wortduelle abgeliefert habe, dann mit diesem alten brummigen Brackwasseradmiral, der meines Wissens für die Koordination unserer eigenen Lastwagen zuständig ist. Doch zu unserem Fortune, waren alle phonstarken Schimpfkanonaden ohne Folgen. Auch wenn wir uns für unser Verhalten nicht entschuldigt haben.

Herr Bassler und Herr Hügs halten sich aus solchen Debatten grundsätzlich heraus. Sie führen lieber ihren eigenen Privatkrieg. Und der unglückliche Herr Meier hätte eigentlich lieber die Stelle von unserem Haus- und Hof-Elektriker, da er angeblich ausgebildeter Starkstromelelektriker ist und sich nach einer solchen Tätigkeit wieder sehnt. Dafür würde Herr Jonas, der erwähnte Haus- und Hof-Elektriker, nur zu gerne das Cabrio von Herrn Gartz besitzen. Dieser wiederum wäre am liebsten, und das wissen nur die allerwenigsten, mit der Gattin von Herrn Scheffkamp liiert. Allerdings glaubt kaum einer, daß sie sich jemals mit diesem Stinkstiefel einlassen würde. Und Herr Scheffkamp hätte nur allzugern das Büro und wohlmöglich auch die leitende Position von Herrn Hess. Tja, und Herr Hess ist mit seinem Dienstwagen gar nicht zufrieden und hätte statt eines Audis doch lieber einen repräsentativen Mercedes wie Herr Wohlgerber. Der hat eigentlich schon alles was man sich leisten kann, aber zu seinem Glück fehlt ihm ein schmuckes geräumiges Haus in bester Lage, wie Herr Karlstadt eines bewohnt, wenn er mal ausnahmsweise nicht im Büro Überstunden leistet. Dafür hätte er wiederum so eine schneidige, gutaussehende und stets kompetente Sekretärin wie die von Herrn Friedel. Sein sehnlichster Traum wäre es, auch mal vier Wochen durch Australien zu Trampen wie Herr Meier. Dabei hindern ihn weniger finanzielle Gründe an einer solchen Reise, als vielmehr seine Unentbehrlichkeit. Als Personalchef kann er unmöglich länger als drei Wochen von der Ernst Stamm GmbH entfernt bleiben. Und wenn er mal verreist, muß er auf jedenfall erreichbar sein und Notfalls schnell zurückkehren können. Herr Meier ist allerdings im Prinzip so entbehrlich, daß er sogar ein halbes Jahr Urlaub am Stück machen könnte, ohne daß man ihn irgendwie vermissen würde.

Alle im Versand, sogar eingearbeiteter Auszubildende, wären

jederzeit in der Lage seinen Posten hinreichend zu besetzen.
Ja, der Versand ist tatsächlich das Tollhaus von Ernst Stamm und es wundert mich absolut nicht, wenn niemand diese Abteilung ernst nimmt.

Das ganze kann höchstens noch vom Zollamt getoppt werden. Dort mußte ich, wenn sonst niemand dafür Zeit hatte, hinfahren um die entsprechenden Zollpapiere absegnen zu lassen. Die Beamten im Zoll entsprechen naturgetreu allen Klischees, die man von Mitarbeitern in Ämtern und Behörden haben kann. Zwar sitzen in dem Büro nur zwei Exemplare dieser Spezies, doch beide bewegen sich ohne Übertreibung so langsam, daß man ihnen im Gehen die Schuhe besohlen kann. Zudem riecht es dort immer total muffig wie bei einer Oma unterm Arm. Und falls man es wagt, noch in der morgendlichen Frühstückspause dort zu erscheinen, muß man solange vor dem diensthabenden Beamten warten, bis dieser in aller Ruhe seine beiden Käsestullen aufgezehrt und sich umgehend in der Bildzeitung über das Gröbste informiert hat.

Offiziell sollte man zwar für solche Exkurse den firmeneigenen Golf verwenden, doch dieser ist meistens unterwegs, so daß man gerne den eigenen Wagen bevorzugt. Das ist eigentlich der Witz der Sache. Denn mit dem erstatteten Kilometergeld macht man noch einen ganz guten Schnitt. Ein paar kleine Erledigungen mit dem eigenen Fahrzeug in der Woche und schon hat man sich nebenbei und vollkommen legal und ohne schlechtes Gewissen ein paar CDs verdient. Oder eine Tankfüllung. Schließlich muß man ja auch sein kleines Azubi-Mobil am Laufen halten.

Herr Känneken, welcher im Hauptgebäude unten im Keller sein kleines Büro hat, fühlt sich dann so richtig in seinem Element, wenn er als Verwalter der kleinen Firmenkasse, der Essenmarken und des Büromaterials mein Fahrtenbuch abcheckt und erstaunlich bereitwillig in seine Geldschatulle greift um mich mit einem kleinen Teil des Inhalts zu beglücken.

Es ist 11 Uhr 59 und der Regen wird allmählich schwächer. Und kaum habe ich dies festgestellt, da erscheint Ramsi vor der Ein- bzw. Ausgangstür des Versands. Breitbeinig steht er noch geschützt unter dem kleinem Vordach in seinem dämlichen dunkelbraunen Nadelstreifenanzug und wartet wohl darauf, das er trockenen Hauptes herüberkommen kann.

Doch für mich ist es das Signal langsam ins Horn zu brechen und aufzustoßen, wie man so schön unter uns Lehrlingen sagt. Energisch klopfe ich an das Fenster um mir Hör- und Sichtkontakt zu verschaffen. Jetzt sieht er mich und grinst blöd über den Hof. Doch so dämlich wie er ist, macht er keine Anstalten auch nur einen Fuß vor das kleine Dach zu setzen. Er denkt anscheinend wirklich, daß er aus Zucker besteht und im Regen aufweichen könnte.

Nun reicht´s mir. Ich werde jetzt gehen, egal was noch passiert. Doch vorher mache ich ihm auf einem herumliegenden DIN A4 Blatt eine Notiz:

"Sehr geehrter Herr Rahmsdorf,
vielen Dank für die pünktliche und vor allem kollegiale Ablösung. Falls Sie ein wenig musikalische Unterhaltung schätzen, machen sie doch einfach das kleine Radio an. Es hat mir bis vorhin einen tollen Dienst erwiesen und ich bin mir sicher, daß es auch Ihnen die Zeit wie im Fluge vorbei streichen läßt. Und seien Sie doch bitte so nett und bringen mir den grauen Pappkarton wieder zurück in die Abrechnungsabteilung. Als Gegenleistung sollten Sie mal einen kurzen Blick in die Kammer nebenan werfen.
Dort wartet eine hübsche Überraschung auf Sie, die Sie todsicher begeistern wird. Mit dem schwarzen verzierten Schlüssel ist Ihnen der Eintritt ohne weiteres möglich.
Viel Spaß noch!"

So, diese Zeilen kann ich mir einfach nicht verkneifen. Doch bevor ich endgültig die Segel streiche, werde ich noch das Rollo herunterlassen. Soll er es doch selber wieder öffnen. Ähnliches gilt auch für das Licht. Mit großen Schritten gehe ich endlich aus diesem tausendfach verfluchten Raum durch die Tür heraus. Laut meinem Zeitmesser ist es sowieso gerade 12 Uhr geworden. Also genau die richtige Zeit für meine wohlverdiente Mittagspause und einem kleinen Showdown mit Ramsi. Nachdem ich die Archivtür hinter mir zugezogen habe, drehe ich den Schlüssel zweimal im Schloß um, damit Ramsi nachher soviel wie möglich für sein Geld zu tun hat.

Draußen, vor der Haustür, nehme ich erstmal einen tiefen Zug frischer Luft, der jetzt nach dem Regen besonders gut tut. Vereinzelt fallen einige spärliche Tropfen herab, die jedoch Ramsi immer noch abzuhalten scheinen. Langsam gehe ich auf ihn zu. Nun hat er mich bemerkt und macht zeitlupenartig Anstalten mir entgegenzutreten.
Nach gut 20 Schritten schleicht er langsam aus seinem Unterschlupf. Wie in einem billigen Westernduell kommen wir uns immer näher.
Der Regen wird jetzt unglücklicherweise wieder etwas stärker, aber keiner von uns beiden läßt sich etwas anmerken.
Es ist ein sehr unangenehmes Gefühl, wenn einem die dicken Tropfen auf die Kopfhaut prasseln. Doch Ramsi befindet sich tröstlicherweise in derselben Situation.
In meiner rechten Hand halte ich den Schlüsselbund für das Archiv.

Mit einer feinmotorischen Geste halte ich ihm dann den rechten Arm entgegen um ihm den Schlüssel zu zeigen.
In Ramsis doofer Fratze zeigt sich ein genüßliches Grinsen, als würde er ein dickes Bündel Banknoten sehen. Nun streckt er mir seine Hand entgegen um das Teil in Empfang zu nehmen.
Nur noch wenige Zentimeter trennen uns voneinander.
Mit einer inneren Genugtuung lasse ich den Schlüssel ohne ein Wort oder eine Mimik kurz vor seinen Fingern zu Boden fallen.
Du blödes Arschloch glaubst doch wohl nicht etwa, daß ich Dir den Schlüssel auf einer Silberschale präsentiere und ihn Dir dann noch feierlich überreiche.
Nein, Du sollst Dich ruhig bücken und Dir die Finger ein wenig schmutzig machen.
Ach,..., am liebsten würde ich Dir beide Ohren abreißen und in Deine Hose stecken, damit Du es krachen hörst, wenn ich Dir in Deinen fetten Arsch trete.

Verdutzt, aber wohl mit einem leicht schlechtem Gewissen hebt er im Schneckentempo den Bund auf.

Ich bleibe immer noch schweigsam und tatenlos stehen. Wenn er nachher meine Anweisungen auf dem Zettel befolgt, und dafür bedarf es jetzt keiner bösen Worte oder sonstiger Szenarien, wird meine Rache fruchten.

Ansonsten hebe ich Dich mir für ein anderes mal auf. Und wenn ich dann mit Dir fertig bin paßt Dir kein Hut mehr.

Erst jetzt wende ich mich von ihm ab und steuere direkt linksherum über den großen Hof zum Allkauf um endlich etwas in meine trockene Kehle und in den leeren Magen zu bekommen. Doch bevor ich dort eintreffe, koste ich noch innerlich ein wenig von dem herzhaften Geschmack der Freiheit.

Ich darf gar nicht daran denken, daß mir noch ein halber Arbeitstag in dieser verdammten Knochenmühle von Firma bevorsteht. Und dann noch die ganzen Arbeitstage bis zum Ende der Ausbildung.

Und wenn ich mich nicht direkt danach für den richtigen Job entscheide, darf ich bis zum Ende meines Lebens irgendwelche Ablagen verrichten. Das kann es ja nicht sein. Ich muß aufpassen. Die richtige Berufsauswahl ist schon das halbe Leben. Eine nymphomane Prostituierte hat eventuell mehr Spaß an ihrem Job als so manch ein frustrierter Bankdirektor. Ein Leben mit dem falschen Job ist ein verschenktes Leben. Und zu Verschenken gibt es bei solch wichtigen Angelegenheiten eigentlich nichts. Auch keine ganze zähe Stunde, die ich in dem kleinen mistigen Mentalkerker schmachten mußte. Eine Stunde in der weltweit Menschen gestorben sind oder geboren wurden. Eine Stunde, in dem so manch einer sich besser amüsiert oder schlimmer gelitten hat.

Vor allem eine Stunde, die ich mit wenig effizienter Arbeit und viel unnötigen Warten und damit verbundener Langeweile verbracht habe.

Die Zeit hätte ich weitaus sinnvoller nutzen können. Gewiss. Doch zum anderen hat sie mir aber einige neue Erkenntnisse gebracht. Erkenntnisse für die ich vielleicht sonst keine Zeit gehabt hätte, und für die ich erst mal wieder Zeit finden muß, um sie zu Verarbeiten.

Man muß nur das Positive im Negativen suchen. Jede Münze hat ihre zwei Seiten. Doch nur die Schönere von beiden ist es wert, daß man sie stets vor seinen Augen hält ohne sich davon blenden zulassen.

Und so gehe ich brav zum Essenfassen und lasse mich überraschen, was sonst noch so alles auf mich zukommt.
Denn die letzte Stunde war nur ein Teil meiner jüngsten Vergangenheit, über die ich mir nun in der Gegenwart Gedanken machen kann, wie ich weiter meine Zukunft gestalte.

E N D E